내 꿈은 언제나 진행형
서른, 진짜 이루고 싶은 꿈이 생겼다

서른, 진짜 이루고 싶은 꿈이 생겼다

초판 1쇄 발행 l 2019년 5월 16일

지은이 l 한그루
펴낸이 l 공상숙
펴낸곳 l 마음세상

주소 l 경기도 파주시 한빛로 70 515-501

출판등록 l 2011년 3월 7일 제406-2011-000024호

ISBN l 979-11-5636-326-2 (03810)

원고 투고 l maumsesang@nate.com

ⓒ한그루, 2019

*값 13,200원

*마음세상은 삶의 감동을 이끌어내는 진솔한 책을 발간하고 있
습니다. 참신한 원고가 준비되셨다면 망설이지 마시고 연락주
세요.

이 도서의 국립중앙도서관 출판예정도서목록(CIP)은 서지정보
유통지원시스템 홈페이지(http://seoji.nl.go.kr)와 국가자료종합
목록시스템(http://www.nl.go.kr/kolisnet)에서 이용하실 수 있습
니다. (CIP제어번호 : CIP2019014672)

서른, 진짜 이루고 싶은 꿈이 생겼다

한그루 지음

마음세상

나는 오늘도 꿈을 향해 걷는다

나는 오늘도 꿈을 향해 걷는다.

매일 밤 같은 자리를 지키는 별처럼 내 마음 한구석에도 꿈이라는 녀석은 늘 자리 잡고 있다. 하늘에 수많은 별이 있듯이 내 마음 속에도 다양한 별들이 찾아온다. 사람들은 네 나이에 아직도 꿈에 대한 열정이 남아있느냐고 한다. 나는 특별한 사람은 아니다. 그냥 보통 사람이다. 학교 다닐 때 일등 해 본 적도 없고 선생님들께 편애를 받아본 적도 없다. 적당히 내세울 만한 학교에 다녔고, 적당히 공부해서 졸업했다. 꿈에 관해서는 다른 사람과 조금 달랐을 수 있다. 아직도 꿈에 목메어있으니 말이다.

한순간도 꿈이 망상인 적이 없었다. 희망과 소망이 되어 나의 삶을 이끌어 왔던 것 같다. 다른 친구들도 나처럼 꿈을 꾸고 장래희망을 품었다. 나보다 훨씬 더 먼저 꿈을 이루고 다른 꿈을 꾸면서 살아가고 있다. 피터 팬처럼 살아가고 있는 내가 꿈에 관해서 이야기 할 수 있을까? 꿈이란 실현한 자들만이 언급

할 수 있는 건 아닐까? 거창한 이유 없이 남들보다 더 많은 꿈을 꾸고 좌절하는 삶을 그냥 보여주고 싶다. 성공하지 않아도, 꿈을 이루지 못해도 꿈을 향한 그 순간이 가치 있는 삶이라고 나를 칭찬해주고 싶다. 나와 같은 많은 이들에게 응원을 보내고 싶다.

어릴 적 꿈은 엄마를 닮아 피아노를 잘 치는 것이었다. 12살에 엄마를 졸라 전공자 과정 개인지도를 받으며 매일 6시간 이상 연습했다. 하지만 6개월이 지나자 흥미를 잃었다. 평생은 못 하겠다며 바이올린을 잡았다. 빠르게 늘어가는 실력에 전공할까 했지만 금방 포기하고 학교로 돌아갔다. 공부를 열심히 하겠다고 마음먹은 만큼 열심히 해서 목표로 하던 고등학교에 진학하였다. 수학은 잘했지만, 문과를 선택했다. 고교 생활기록부를 보면 1학년 때 꿈은 바이러스 연구학자, 2학년 때는 과학자, 3학년 때는 인테리어 디자이너였다. 모두 이과를 선택해야 대학교를 원하는 과에 갈 수 있는 꿈인데 왜 문과를 다녔는지 모르겠다. 진로 상담 칸에도 학년마다 '학생 희망대로 지도함'이라고 버젓이 쓰여 있다. 아마 선생님들이 나같이 평범한 학생에게는 관심이 없었던 것 같다. 고교생활 내내 성적은 중위권이었다. 과학자를 꿈꾸던 학생에게 문과로 가게 한 것은 나만의 잘못은 아닌 것 같다. 국어를 싫어하고, 수학을 좋아했는데 말이다. 과정은 많이 돌아왔지만 지금 나의 꿈은 의사이다. 어쩌면 지금에서야 고등학교 시절 바이러스 연구학자와 과학자를 꿈꾸던 모습을 찾았는지도 모른다. 기억도 나지 않았던 학창시절의 꿈을 찾아보니 감회가 새롭다.

흘러가는 생각을 잘 놓치지 않고, 민들레 씨앗처럼 살포시 흩뿌려지는 꿈들을 내 안에 잘 잡아 두었다. 마음에 품은 건 꼭 해봐야 직성이 풀리는 성격이었다. 좋아하는 노래가 생기면 수 백 번 질릴 때까지 듣다가 그만둔다. 좋아하는 식당이 생기면 하루, 이틀에 한번 꼴로 주기적으로 먹다가 다른 곳으로 옮긴다. 마음 같아서는 매일 갈 수도 있지만 같이 가는 사람들의 마음을 헤아리면 그러지 못한다. 드라마 한 편이 재미있어지기 시작하면 며칠에 걸쳐서 마지막 회까지 보고야 만다.

하고 싶은 일이 생기면 시작해본다. 대충 말고 열과 성을 다해 집중적으로 해보다가 난관에 부딪힌다. 그것을 넘으면 그 일을 계속 하는 것이고 넘지 못하면 포기한다. 좀처럼 포기도 잘 못해서 많은 시도를 해본다. 끈기를 넘어선 집착적인 모습 때문에 흔히들 하는 인형뽑기도 한 번 해보지 않았다. 시작했다가는 매일 인형뽑는 기계 앞에서 떠나질 못할 것이 뻔하기 때문이다.

하고 싶은 일들을 집중적으로 하는 것, 그 자체가 나에게 기쁨을 준다. 생각하는 시간보다 행동하는 시간이 더 많았다. 실행에 옮기는 만큼 즐거움도 있었지만 실패의 벽 앞에 부딪히는 순간도 많았다. 아파서 후회할 때도 많았다. 지금도 앞이 보이지 않는 터널 안에서 허덕이고 있다. 꿈을 향한 터널을 지날 때면 생각이 많아진다. 아무리 가도 출구는 멀어 보이고, 때로는 어둑해서 보이지 않을 때도 많다. 잠시 멈춰지기라도 하면 터널이 아닌 동굴에 들어온 것 같아서 미칠 지경이다.

꿈의 여정에서 가장 힘든 것은 이 길이 내게 가치 있는지를 믿는 것이다. 오랜 기간 여러 실패의 터널 속에 갇혀 지냈다. 어떤 일이든 시작할 때 첫 마음은 꿈을 향한 동기부여로 가득 찬다. 시간이 흐를수록 꿈을 향한 간절한 마음은 희미해져 간다. '꼭 할 수 있어!'라는 다짐에서 '언젠가는 되겠지……'라는 생각으로 바뀐다. 그 시간도 지나면 '되었으면 좋겠어. 그런데 정말 될까?'라는 의구심이 들기 시작한다. 이 시점에서 나는 출구 찾기를 포기했다. 잠시 멈추어 뒤돌아보니 들어왔던 문도 보이질 않고 나는 누구? 여기는 어디지? 나는 왜 여기 있을까?'라는 물음만 귓가를 맴돌았다. 내가 누구인지도 잘 생각이 나질 않으니 다른 질문에 대한 답은 찾아질 리가 없는 게 분명했다.

눈물을 훔치고 그냥 매일 한 걸음씩만 나아가보자고 결심했다. 애당초 목표가 무엇이었는지 이 길의 끝에 무엇을 기대하면서 가고 있었는지 기억도 나질 않았다.

'이 길을 선택한 나를 믿고 매일 걸어 가 보리라. 매일의 일상에서 소소한 즐거움으로 실패의 두려움도 견디어 보리라.'

이것이 바로 내가 오늘도 꿈을 향해 걸을 수 있는 마음가짐이다.

제1장
캄보디아

피 끓는 20대,
인생 첫 번째 전환점

나는 원래 열정이 넘치는 성격이다. 차분한 외모와 부끄러움 많이 타는 성격과 달리 마음속에 열정이 넘친다. 그래서 이 일 저 일 많이 벌이기를 좋아하고 바쁘게 해나가는 걸 좋아한다. 남들이 해보는 건 다 해 보려 하고, 남들이 안 하는 것도 한다. 고교 시절 지각을 매일같이 하고 평소에도 느긋하고 어느 것 하나 급함이 없어 별명이 천하태평이었다.

이런 나는 이면적으로 하고 싶은 일이 많다. 평소에는 무엇이든 해도 그만, 안 해도 그만이지만 하고 싶은 것이 많다. 공존하기 힘들어 보이는 특성이지만 내 안에 존재하고 있다. 모두 혈기왕성한 20대에 나도 열정이 넘칠 수밖에……

주거학과로 입학했지만, 건축 설계의 꿈을 품고 건축과로 전과를 한다. 열심히 놀고 열심히 공부도 했다. 느려도 되지만 열정을 다 해야 하는 성격 탓에 일주일씩 밤새우는 것도 거뜬히 해낸다. 선배들과 동기들이 모두 해왔던 것이지만, 누구에게나 자기 스스로 해낸 것에 대한 특별함이 있다. 졸업을 앞둔 마지막 학기에 모두 취업 준비로 정신이 없었다. 나도 그럴법하지만 원서 한 장 겨우 손에 들고 반쪽도 채우지 못하고 마지막 방학을 맞게 된다. 무엇이 망설이게 했을까.

'인생은 즐거워서 사는 거야.' 나의 삶의 신조였다. 그래서 대학 생활 내내 봉사활동은커녕 놀고 즐기기 바빴다. 마지막 방학에 불현듯 캄보디아 봉사 활동 모집 소식을 듣고 가기로 한다. 마지막 방학이라는 생각에 갑자기 의미 있게 보내고 싶었던 것 같다.

봉사는 한 달간의 일정이었다. 함께 간 팀 내에 건축 일을 하는 언니가 있었다. 그 언니는 미리 그곳에서 교육센터 건물 설계를 돕기로 약속하고 갔었다. 나도 건축과라 얼떨결에 설계에 참여했다. 학생들이라 여러모로 서툴렀지만, 일손 자체가 없는 캄보디아에서는 단비 같다고 했다. 막상 건물이 지어지고 마무리된 것을 보면 무척 뿌듯하지만, 빈 땅을 보며 지어질 건물을 상상하며 설계에 참여하는 것은 쉬운 일이 아니었다. 실제 설계에 참여해 본 적도 없어서이다. 그리고 다른 임원들은 밖에 나가서 구경도 하고, 캄보디아 대학생들을 만나서 영어, 한국어를 가르치며 즐거운 시간을 보냈다. 저녁이면 숙소로 돌아와 무용담을 늘어놓는데 집을 뛰쳐나가고 싶을 정도였다. 반면 나는 설계한다고 사무실에 앉아서 온종일 있거나 대지 조사를 하기 위해 공사 현장에 나가는 것이 전부였다. 내가 있는 곳이 캄보디아인지 한국인지도 모를 만큼 다른 점이 없었다. 그렇게 한 달을 지내다가 한국으로 돌아왔다.

이상하다. 자꾸 캄보디아가 생각이 났다. 생애 처음으로 나의 전공을 통해 일해서 그런 것일까. 회사보다도 나를 더 필요로 한다고 어필해서일까. 지금도 잘 모르겠다. 다시 캄보디아에 가야 한다는 생각에 사로잡혔다. 친구들과 학교 동기들은 취업을 위해 원서와 추천서를 들고 쫓아다녔다. 나도 해야한다는 생각이 들었지만 행동으로 옮겨지지 않았다. 나도 모르게 다시 가는 방법만 자꾸 찾고 있었다. 볼일 보러 갔다가 안 닦고 그냥 나온 느낌이랄까. 교육센터 설계도 마무리도 안 된 채 나왔고, 설계를 다 했다고 하더라도 시공도 봐야 한다. 아직 건축가는 아니었지만, 건축학도로서 내 나름의 직업윤리 소명이 발동한 것인가. 무엇이든 끝을 보는 성격이라 찝찝한 느낌이 나를 끌어당겼다. 또한 다시 가고 싶다는 마음이 온종일 따라다녔다. 돌아온 후 한 달 내에 다시 가기로 했다. 최소 1년.

집에서 폭탄선언을 했다. 부모님은 이제 대학교도 졸업하니 취직하고 결혼하는 거 보고 보살피는 역할은 졸업하고 싶다고 하셨다. 하지만 나는 역행하는 선택을 했다. 그러자 부모님이 반대하고 난리가 났다. 취직하고 좋은 사람 만날 생각할 때에 쓸데없는 선택한다며 말렸다. 취직해서 파견 가는 것도 아니고 자비 봉사라서 더 반대하셨다. 물에 빠진 사람 구해줬더니 보따리 내놓으라는 사람처럼 좀 더 지원해 달라는 의미로 들렸을 것이다. 난 조금도 현실적인 고민을 깊이 하지 못한 채 철부지 어린아이처럼 간다고 떼썼다. 그렇게 캄보디아로의 1년 간 봉사 활동을 가기로 결정하게 되었다.

부모님은 '공부해서 남 주자. 일해서 남 주자.' 라는 신조로 살았다. 비록 나의 해외 봉사 결정에 단숨에 축하해 주지 못했지만, 나의 해외 봉사 활동 선택을 이끌어준 분들이라고 해도 과언이 아니다. 부모님은 평일에는 직장에서 바쁘셨고, 주말에는 봉사활동 다니시느라 바쁘셨다. 종종 나와 동생이 커가고 있다는 것도 잊을 때도 있었던 것 같다. 평일이고 주말이고 한가로운 날이 없던 적도 많았다. 그러니 대학 졸업 후의 나의 결정에 가장 큰 영향을 준 이는 내 평생 보고 자란 부모님이다.

나 스스로 나의 삶을 개척해 나가는 첫 걸음을 뗐다. 주변에서는 대단한 결정을 한다고 칭찬이 일색이었지만 사실 당연한 결정인지 모른다. '콩 심은 데 콩 나고 팥 심은 데 팥 난다'고 하지 않는가.

기아대책기구에서 한 달간 해외 봉사단원 훈련을 받고 그해 8월에 캄보디아로 출국했다. 준비하는 과정에서 부모님은 나의 가장 큰 버팀목이자 응원자였다. 그리고 나의 친구들. 100% 자비로 봉 사기간의 경비를 충당해야 했기에 모금을 시작했다. 지난 1달 함께 했던 팀원들의 도움으로 모금 활동을 했다. 가족, 친구, 선후배들의 만 원, 이만 원씩 모여 매월 모금액 60만 원이 채워졌다. 12개월 동안 매달 60만 원을 받았다. 모두들 약속을 지켜 보내 주었다. 지금까지도 늘 감사하다. 내 꿈에 날개를 달아준 이들에게 감사를 표한다.

한 번에 되는 일이 없네

2006년 2월 졸업 후, 학교에서 친했던 동기들은 취직했다. 새로이 시작된 사회생활에 바쁘고 정신없이 보냈다. 적응하느라 힘들지만 설레고 즐거워했다. 첫 월급으로 부모님께 드릴 선물을 사고, 적금도 들었다. 친구들은 어른이 되기 시작한 것 같았다. 그런데 나는 아직 피터팬, 몸만 어른이 된 어린아이와도 같았다. 내게도 새로운 선택과 변화가 시작되고 있었다. 매일 하늘을 떠다녔다. 그것도 잠시였다. 3월부터 갑자기 허리가 아프기 시작하더니 앉아있을 수가 없었다. 병원을 가니 허리디스크라고 했다. 두 달은 일어나지 못할 것 같다는 의사의 말은 청천벽력이었다. 아이고, 내가 지금 할 게 얼마나 많은데 이런 저주같은 일이 다 있나!

그간 하고 싶던 일이 잘 안된 적은 별로 없었다. 대학교도 그럭저럭 들어갔고 건축 설계를 공부하고 싶어서 주거학과를 다니다가 건축공학과로 전과도 쉽게 했다. 학교생활도 특출하지는 않지만 하고 싶은 건 다 하면서 즐겁게 다녔다. 남자친구도 나를 속 썩이거나 공부에 방해가 되면 쉽게 헤어져서 시련의 구렁텅이 같은 것 따윈 나와 상관없었다. 항상 원하는 것을 지나치지 않는 선에서 얻었었다.

그런 내게 허리디스크 초기 증상이니 앞으로 2달간은 침상에서 일어나지 말라고 했다. 앉아있는 것은 꿈도 꾸지 말라고 하며, 누워 있거나 서 있으라고 했다. 그렇지 않으면 허리디스크에 제대로 걸려서 오랫동안 고생할 거라고 겁을 줬다. 마음이 덜컹 내려앉았다. 6월에 가려고 계획했었는데 물 건너가게 된 건가. 1년 이상 외국에 가서 살려면 준비할 것도 많고, 해외봉사단으로 파송받기 위해서 받아야 할 훈련도 있었다. 눈앞이 캄캄했다. 집으로 돌아가서 자리에 누웠다. 이제 어쩌나……

움직이는 것도 힘든 상태라 조심해야 할 상황이 아닌, 어쩔 수 없이 의사가 시킨 대로 누워있고 잠깐 서서 밥을 먹고 다시 누워있는 생활을 반복했다. 정말 어쩔 수 없는 선택이었다. 미국 속담에 이런 말이 있다. '삶이 레몬을 주면, 레모네이드를 만들어라.'

나는 열정이 넘치는 사람이었다. 그래서 준비에 도움이 될 만한 책을 누워서 읽기 시작했다. 이때 처음으로 책 읽기의 즐거움을 알았던 것 같다. 비록 나의 몸은 누워있을 수밖에 없었지만, 책은 나를 수많은 미지의 세계로 이끌어서 탐험하게 했다. 덕분에 준비할 것들과 가기 전까지의 계획이 머릿속에 자리 잡혔다. 움직이고 싶었다. 천장 벽지의 무늬도 다 외웠다. 여전히 앉고 일어서기도 힘들었다. 내가 준비할 수 있을까. 언제 출국할 수 있을까. 눈물이 그렁거리고, 눈 앞이 캄캄해졌다.

한동안 교회도 가지 못했다. 캄보디아에서 1달간 함께 해준 친구들, 교회에서 제자훈련을 같이 받았던 친구들이 나의 캄보디아 행 선택을 가장 응원해 주었다. 친구들이라도 만나서 푸념이라도 털어놓으면 좋았을 텐데……. 행동력 있게 다른 이들보다 먼저 봉사를 떠나기로 하고 친구들에게도 권유하던 내가 그들에게는 열정과 꿈을 불어넣어 주는 도구였나 보다. 하나둘씩 편지가 오기 시작했다.

…….(중략)

언니의 1년의 캄보디아 결심. 정말 도전 되었고, 지금도 언니의 결정이 제 선택에 영향을 줍니다. 정말 감사해요. 그리고 언니 허리도 빨리 나아야 할 텐데……. 제 귀의 문제로 목사님과 상담하면서 또 생각해보니 그런 방해 요소들이 한편으로는 감사할 거리로 다가오더라구요.

…….(중략)

편지를 읽기 전에는 방해 요소가 어떻게 감사할 거리가 되는지 의아해 했었다. 하지만 문제를 바라보는 시각이 달라졌다. 힘이 되었다. 나의 결정, 그리고 힘든 일을 통해서도 다른 이에게 위로와 도전이 될 수 있다는 것에 감사했다. 오랜 시간 누워있었던 덕분에 책을 많이 읽게 된 것도 감사했다. 그리고 책을 많이 읽게 된 것도 감사했다. 몇 개월간 졸업작품 준비 때문에 밤새워서 몹시 지쳤었다. 뜻하지 않게 이렇게 몰아서 쉬게 되었다. 그리고 평소에는 몰랐던 친구들의 마음이 내게 편지, 선물, 연락 등으로 전해져 알게 되었다.

어느 날 서서히 자리에서 일어나는 게 쉬워졌다. 몇 십분 씩 앉는 것도 가능해졌다. 봄을 맞이하는 새싹처럼 밖으로 나갔다. 누워있는 동안 머릿속에는 어느 정도 준비가 되어있었다. 나를 지지해주는 친구들의 도움으로 모금을 위해 후원의 밤을 개최하고 후원자들을 찾아 나섰다. 처음으로 사람들 앞에서 나에 관해서 이야기 하고 꿈을 함께 하자는 등의 후원을 위한 동기부여를 했다. 친구들이 모임을 위한 장소 섭외, 사람들 초대 등을 해주고, 나는 사람들 앞에 서서 주최자로서 대담 준비, 감동이 될 노래도 선곡, 노래도 준비해서 불렀다.

'부족하고 미완성이지만 정직한 영혼 한 사람. 너를 통해 캄보디아에서 할 일들이 기대돼.'   —후원자.

후원자 모금이 끝나고 받은 응원 메시지를 펼쳤다. 이 글귀를 보고 한동안 아무것도 할 수 없었다. 뭐라고 표현해야 할 지 모르겠다. 나를 있는 그대로 보아주었고, 사람들의 마음이 나와 함께 캄보디아에 가서 있을 것 같은 기대감과 즐거운 부담감이 생겨나기 시작했다. 2006년의 내 꿈, 캄보디아.

응원자들 덕분에 캄보디아 갈 채비가 마련되었다. 지금도 생각하면 가슴 뭉클하다. 함께 기뻐하고 응원하던 친구들이 그립다. 타임머신을 타고 그때로 돌아간 듯 마음으로 이름 하나하나를 불러본다. 혼자 꿈을 품고 이루어나가려고 했다면 허리가 아파서 누워있었을 때 포기했을 것이다. 아무것도 못 하는 자신을 자책하며 부모님께 짐을 더 드리지 말고 취직해서 남들처럼 효자 소리 들으면서 살려고 했을 것이다. 꿈을 지지해주던 친구들, 후원자들 덕에 버틸 수 있었다. 조금이라도 빨리 나의 꿈을 마음에 심고 물을 주고 키워나가는 일을 해본 것은 앞으로도 소중한 경험과 삶의 원동력이 될 것이다. 지금까지 나를 버티게 해준 것처럼, 해, 바람, 비, 양분 등 식물을 키워나가는 요소들처럼 친구들이 나의 꿈의 씨앗을 싹틔워줬다. 그리고 씨앗은 내가 심는 것 같지만 생각해보면 1달간 캄보디아를 갔을 때 먼저 설계일로 봉사하던 언니, 현지 디렉터 김민성 선교사님의 감금(설계를 위한 장시간의 실내작업) 및 권유가 나의 씨앗이자 심어진 씨가 아닐까.

내 힘으로 하는 것 같지만 그렇지도 않은 것 같다. 삶을 묵묵히 살아갈 때 주변에서 이것저것 내 삶에 들여보내 주면 어떤 것은 싹트고 자라서 꽃도 피고, 열매도 맺는 것은 아닐까. 혹은 잡초가 되어 자라더라도 생명이 트인 것처럼 내 마음 안에서 자라고 삶에서 드러나는 것들. 이게 나의 삶을 이루어가고 있는 것 같다. 오래도록 주입식 교육으로 인해 결과에 연연하던 내가 어떤 일의 과정, 삶의 과정에 관심을 가지고 즐기기 시작했다. 나의 꿈은 여기서부터 시작되었다. 한국을 떠나기 직전 쓴 글을 덧붙인다.

한국이 아닌 오랜 시간은 처음으로 새로운 곳으로 떠난다.

매주 똑같이 나오던 대학부실 문을 걸어 나왔다.

습관적으로 아무 생각 없이 드나들었던 문이었다.

발걸음을 떼는 순간

언제 내가 이 문을 지날 수 있냐는 생각에 울컥했다.

새로운 도전에 언제나 희열을 느끼지만

도전의 뜨거움 만큼이나 반대의 두려움도 같은 크기로 느낀다.

그림자 효과라고 할까.

그곳을 오랜 시간이 지나고 다시 밟겠지만

나를 향해 늘 함께 해주는 사람들과 꿈을 향해

더 열심히 뛸 거다……

오늘은 여린 마음에 울면서 잠들지라도

내일은 새로운 해가 뜨는 것처럼……

설렘으로 시작

기아대책기구에서 한 달간의 국내 훈련을 성공리에 마치고 수료했다. 한 살 어린 동생 민지와 함께 훈련을 받았고 같은 날 같은 곳으로 간다. 훈련생들은 대부분 우리보다 훨씬 어른들이었다. 덕분에 나는 상상도 하지 못할 세상의 어려움을 간접적으로 듣고, 함께 1달을 생활하고 교육을 받아서 서로에게 배운 것도 많았다. 훈련 장소는 어울리지 않게 청담동이었는데 건물 근처에 공원이 있었다. 공원 외 외출은 금지라서 의도치 않게 청담동에서 시골에 있는 것처럼 생활했다. 지속적인 교육 시간으로 지친 저녁이 되면 공원에 나가 산책을 하고 하늘에 별을 보며 이런저런 얘기들을 나누었다.

훈련의 마지막 코스는 '서울역 밥 퍼' 노숙자를 위한 무료 급식 봉사였다. 캄 캄한 새벽, 서울역 인근에 있는 음식 준비하는 공장으로 가서 음식을 가지고 서울역으로 왔다. 서울역 지하에서 노숙자 한 분 한 분께 식판 위에 밥을 퍼드렸다. 내가 이전까지는 보지 못한 광경이었다. 서울 한복판에서 상상할 수 없는 일이었다. 아버지께서 거제도에서 서울로 상경해서 단칸방에 살면서 직업학교를 다니신 이야기를 들은 적은 있다. 그래도 그때는 70년대 후반이었지. 지금은 21세기 아닌가. 대학 시절 내내 건축학도로서 카메라를 들고 수많은 곳을 돌아다녔는데 이런 광경은 정말로 처음이었다. 도시를 관찰하고 경험한다고 하면서 완전 헛것하고 다닌 것 같다. 이에 비하면 나는 완전 최첨단 도시의 구석구석만 살피기에 급급했다. 도시의 역사를 관찰한다고 몇백 년 전 지어진 고려, 조선의 유적들을 보고 다녔다. 그 사이에 있는 장소들은 왜 못 봤을까. 그것은 보이고 싶지 않은 밝은 우리의 현대 도시의 그림자였으리라. 하지만 서울역의 수많은 노숙자와 지저분하고 어둑한 서울역 지하도 역시 우리가 인정하고 받아들이고 함께 가야 할 우리의 현재 모습이다. 나는 곧 캄보디아로 가야하는데 어쩌면 등잔 밑은 보지 못하고 멀리만 본 것은 아닌가 싶어서 마음 한쪽이 아려왔다. 이틀의 봉사를 끝내고 발걸음이 떨어지진 않았지만, 국내의 봉사 팀을 믿고 캄보디아로 떠나기로 마음을 다잡았다.

2006년 8월 31일 드디어 캄보디아 프놈펜으로 출국했다. 대부분 부부동반 출국이 많으나 우리는 특별하게 민지와 나, 동역자로서 함께 떠났다. 캄보디아에서의 첫날은 놀라웠다. 이토록 맑은 하늘은 본 적이 없었다. 밤에는 수많은 별이 나를 반겼다. 추위를 잘 탔던 터라 일 년 내내 여름인 것도 마음에 들었다. (일 년 중 가장 더운 4월을 겪고선 마음이 달라졌지만) 더웠지만 습기가 적어서 참을 만했다. 기후에 맞게 집 안의 바닥은 대부분 타일로 마감이 되어있어서 바닥에 앉을 때와 발을 딛고 걸을 때마다 시원함을 주어서 좋았다. 가장 더운 오후에는 타일 바닥에 누워서 더위를 식히곤 했다. 일 년 내내 에어컨을 켤 수는 없으니 말이다. 전기도 풍족하지 않아서 에어컨보다는 선풍기를 애용

했다. 대부분 사람들이 그러는 것처럼……. 에어컨 바람을 쐬기 위해서 외국인들이 많이 가는 카페도 종종 이용했다. 현지인들의 카페는 통풍이 잘되는 구조로, 대게 에어컨을 틀지 않고 더위를 그늘에 피하는 정도이다. 물론 비싼 가게는 그렇지 않지만, 대부분 그러했다. 전력수급이 떨어질 때는 도시 전체가 가끔 정전 사태도 일어나기 때문이다. 이따금 에어컨을 찾아 나서는 카페 투어에도 매우 행복감을 느꼈다. 점점 삶이 단순해진다고나 할까.

　매일 아침 사무실로 출근하는 길은 장관이었다. 첫 번째로는 수많은 오토바이의 행렬이다. 차보다도 훨씬 더 많은 수의 오토바이가 줄지어 달린다. 나 역시 오토바이 택시를 잡아서 오토바이 기사 뒷자리에 헬멧을 쓰고 앉는다. 꼭 학창시절의 날라리(좀 노는 아이들)가 된 듯했다. 처음 타보는 거라 무서웠지만, 기사 아저씨를 꼭 잡을 수도 없어 오토바이 뒷좌석 손잡이를 꼭 움켜잡는다. 신호등을 무시하는 차, 오토바이도 많아서 교통체증이 서울 만큼이다. 그렇게 천천히 가는 동안 한 가지 더 즐거운 볼거리가 있다. 도시 중간마다 잔디밭으로 된 공원이 있다. 이른 새벽부터 사람들이 나와서 음악에 맞춰서 정체불명의 춤? 운동? 어떤 동작을 비슷하게 한다. 공원까지 못 나온 사람들은 집 앞에서도 비슷한 동작을 보인다. 음악은 어떤 개인이 휴대용 스피커로 트는 듯했다. 우리의 국민체조와는 또 다르다. 국민체조는 국가적으로 퍼뜨린 것이지만 이들의 운동 동작은 전해 내려오는 무용 같아 보였다. 중국에서도 이런 광경이 펼쳐진다고 들었다. 동남아시아에 화교가 많다고 하니 그들의 영향일 것으로 보이나 정확한 시작은 알 수 없다고 들었다. 아무럼 어떠리. 정체된 도로 위에서 즐거운 광경으로 지루함을 덜어주었다. 매일 아침 부지런히 공원으로 나오는 사람들에게 참 감사했다.

　프놈펜 국립대학교의 외국인을 위한 캄보디아어 수업에 등록했다. 영어로 소통 가능한 사람은 적었다. 또한, 그 나라의 언어를 알아야 그 나라의 사람들과 문화를 배울 수 있다고 했다. 그래서 캄보디아어를 배우기로 했다. 프놈펜 국립대학은 우리나라로 치면 서울대와 같은 학교이다. 한국에서도 서울대 가고 싶었는데 아무나 갈 수 있는 곳은 아니라서 못 갔지만 아무렴 어떠리. 캄보디아에서 소원 성취했다. 주 3일 수업이었다. 첫날부터 멘붕이었다. 알파벳을 배우는데 자음, 모음이 다 합쳐서 수십 개나 되었다. 대부분 곡선이라 그림 같았다.

배우면서 매시간 세종대왕님께 감사를 드렸다. 한글은 모음, 자음을 서로 어떻게 붙여도 소리를 낼 수 있는데, 캄보디아에는 붙이는 조합마다 소리가 약간 달라졌다. 읽고 쓰고 할 수 있으려면 2년은 걸린다고 했다. 난 여기 1년 있기로 했는데! 그래서 문자 익히기는 과감히 포기하고 말하기 수업 위주로 듣기 시작했다. 수업 때 배운 몇 마디로 더듬더듬 어눌하게 사무실의 동료에게 말을 건네면서 소소한 웃음거리를 만들었다. 영어로 소통하는 것보다 이해는 느렸지만 서로 간의 친밀도는 빠르게 높아졌다. 한국으로 돌아올 때쯤엔 친한 친구들은 거의 영어를 하지 못하는 캄보디아인이었다. 말하기만 배운 것은 잘한 결정이었던 것 같다. 4개월째 되는 때에는 어느 정도 의사소통이 가능해서 단기 봉사팀을 이끌고 시골 지역을 다닐 수 있었다. 가끔 식당에서 내가 생각하는 메뉴가 아닌 다른 것이 나올 때도 있었지만 그 또한 즐거운 에피소드가 되었다.

'부처의 눈에는 부처만 보이고 돼지의 눈에는 돼지만 보인다.'는 말이 있다. 캄보디아로 간 첫날 날씨에 대해 감사했다. 다음날, 출근길은 엉망이었지만 즐겁고 신기하다며 감탄했다. 캄보디아를 가기 전에는 캄보디아가 아프리카 대륙에 있는 줄 알 만큼 무지했었다. 한국에서 내가 쓰던 물건들을 바리바리 싸서 짐을 엄청 많이 챙겨갔다. 열악한 환경을 그리면서 걱정했다. 치안도 좋지 않아서 대낮에 강도를 만나고, 어둑해지는 저녁부터는 외출은 힘든 곳이었다. 현지인들도 혼자 나가기를 꺼리는 곳이다. 그런데 왜 나는 처음 느낌을 모두 감사하고 즐거움으로 표현했을까. 객관적으로 보면 한국이 훨씬 살기가 좋다. 그러나 난 캄보디아에서 작은 것 하나에도 기쁨을 느끼고 감사를 발견했다. 한국에서 캄보디아로 가는 순간 내 마음이 변했기 때문이다. 내 마음이 변해서 바라보는 모든 것들에 대한 태도가 달라졌다. 모든 것이 열악할 것이라는 생각 중에 하나라도 쉬운 일이 생기면 그때부터 즐거움의 시작이었다.

모든 사물과 사람을 신기하게 보는 것으로부터 내 안에 변화가 생겼다. 그 어떤 것도 배우고 익히고 받아들이리라. 신기하게도 사람들은 같은 황인종이면서도 좀 더 밝은 피부 색조와 크지 않은 눈에 대한 환상이 있다. 다름에서부터 오는 환상인 듯도 하고, 지금의 K-POP 열풍을 설명해줄 수도 있을 것 같다. 그래서 어디를 가나 '네악 싸앗'(너 이쁘다)이라는 말을 듣는다. 신기해하며 칭찬으로 추켜올려 주니 나 또한 그들과 그들의 세상이 아름답게 보일 수밖에! 내가 치열하게 싸우던 칙칙한 하늘 아래 서울에서의 삶에서 벗어나 세상을 새롭게 보기 시작했다. 이런 느낌은 처음이다. 아. 이곳에서의 생활이 기대된다. 웰컴 투 캄보디아!

뎅기열

캄보디아에 도착하고 딱 한 달 후 나는 뎅기열에 걸렸다. 40도 정도로 체온이 올라가면서 구토를 심하게 했다. 먹는 것마다 구토를 하더니 심지어 물만 마셔도 다시 나오기 시작했다. 사경을 헤매다 병원에 실려 갔다. 깨끗하지 못한 캄보디아에서 병원 입원이라니! 생각도 하기 싫었는데 실려갈 때는 아무 생각도 할 수 없을 만큼 위중한 상태였다. 정신을 차려보니 병원 침대 위에 누워 있고, 링거를 맞고 있었다. 그리고 소파에는 밤새 간호하던 민지가 부족한 잠을 청하고 있었다. 움직이기 힘들었다. 링거를 맞은 팔에서 피가 거꾸로 나오기 시작했다. 한번 잠에 빠지면 깨는 법이 없던 민지를 깨워야 했다. 간호사를 부를 콜 버튼도 없었다. 내가 베고 있는 베개는 단 한 개뿐. 절대 실패해서는 안 된다. 단 한 번에 꼭! 베개를 있는 힘껏 민지를 향해 던졌다. 명중이다. 살았다. 고마워. 민지야!

코이카에서 파송을 받아 캄보디아 정부 부처에서 일하던 소영언니도 뎅기열에 걸렸다. 2인실에 소영언니와 나, 그리고 간병인 민지가 있었다. 사람마다 증상은 다른 듯 했다. 언니는 고열은 있었지만 먹는 데는 지장이 없었다. 나도 먹고 싶어! 나는 입원 후 열흘 정도까지도 물도 제대로 먹지 못했다. 매 끼니마다 그림의 떡을 실컷 보았다. 드디어 미음을 먹기 시작했다. 그러다 죽 단계로 넘어가는데 나의 두 번째 엄마이자 디렉터이셨던 김지숙 선교사님이 닭백숙을 해오셨다. 세상에나 한국도 아닌 이곳에서 먹게 되다니. 우리는 반가운 마음에 허겁지겁 맛있게 먹었다. 그런데 이상하게도 다시 열이 나기 시작했다. 나중에 알고 보니 닭이 열을 내는 성질이 있다고 했다.

그렇게 한 달 가까이 병원에서 꼼짝 못했다. 백혈구 수치가 정상보다 3분의 1로 떨어져서 다른 세균 감염이나 질환에 취약하니 매우 조심하라고 했다. 그래서 한 달 동안 입원 생활을 해야 했다. 다시 정상으로 돌아왔다. 아픈 초기에는 정신이 없어서 몰랐는데, 음식을 먹을 수 있는 순간부터 잡생각이 들기 시작했다. 평소에 잘 아프지 않은 편이다. 그런데 올해 벌써 두 번째 몸져누웠다. 아, 탄식 소리가 절로 났다. 이어서 괴로움. 나는 누구. 여기는 어디. 도대체 무엇을 하고 있는 것인가. 길지 않은 파견 기간 동안 해야 할 일, 하고 싶은 일, 이루고 싶은 목표가 수 십 가지였다. 움직일 수조차 없어서 너무 막막하고, 답답했다. 몇 달 전 아픔으로 감사할 것이 있다더니. 전혀 그런 생각조차 들지 않았다. 타인을 위한 삶을 살겠다고 하지 않았는가. 도리어 도움을 받는 처지가 되었다. 함께 온 민지한테도 미안하고 디렉터 선교사님들께도 죄송한 마음뿐이었다. 할 일도 많은데 나까지 신경 써야 하니……. 일은 시작도 하지 못하고 꼼짝없이 한 달간 누워만 있었다.

좀처럼 나을 기미가 보이지 않아서 입원 2주 차 될 때 선교사님이 한국에 계신 부모님과 후원자들에게 연락했다. 멀리서 걱정만 끼칠 까봐 연락을 하지 않았었다. 선교사님께도 절대 못하게 당부했었다. 미안함도 잠시, 격려의 이메일과 전화로 힘을 얻고 있었다. 창백해 보이던 천장의 백열등이 빛나보였다. 덕분에 많은 관심과 격려로 나도 소중한 사람이라는 사실을 느꼈다. 게다가 새로이 알게 된 캄보디아 친구들에게까지 걱정을 끼쳤다. 하지만 그들과 가까워지는 계기도 되었다. 그곳의 문화를 내가 입은 것처럼 바라봐 주었다. 본인들도 잘 걸리지 않는데 내가 뎅기열에 걸려서 호되게 캄보디아 도착 신고식을 한다며, 나으면 진정한 현지인이 된다고 격려를 해주었다.

이때까지 나는 고수를 먹지 않았다. 우리나라에서 고수풀이라고 하는 건데, 그 향이 꼭 주방세제 같아서 한국 사람들은 꺼리는 것이다. 캄보디아인 친구들이 고수를 먹으면 모기에도 적게 물린다며 권유했다. 그렇게 캄보디아 음식을 제대로 먹기 시작하게 되었다. 병상에서도 얻는 것은 있었다. 그 친구들의 삶의 방식을 하나씩 배우면서 점점 더 가까운 친구가 될 수 있었다. 좀 덜 갈색인 피부에 말 잘 못 하고 웃기만 하는 한국 여자애에서 뎅기열 걸린 애로 바꾸어 불리기 시작했다. 퇴원 후 절반은 현지인, 우리 같은 애로 불리기 시작했다. 그렇게 남다른 방식으로 캄보디아에 적응하기 시작했다.

사람들은 해외 봉사를 하러 갔다 왔다고 하면 대단하다고 난리다. 실제로 그 속을 들여다보면 나는 봉사를 한 게 아니라 받고 왔다. 낯선 곳에서 혼자서 0부터 10까지 할 수 있겠는가. 여행이면 다르다. 실수투성이 그 자체가 여행이니까. 나는 일하러 갔고, 생활해야 했다. 적응할 때까지 많은 사람의 도움이 필요했다. 쉬는 날 밥 한 끼 해 먹으려 하면 시장에 가야 하는데 집을 나설 때부터가 문제다. 오토바이 택시를 혼자 잡아서 타야 하고, 어느 시장에 갈 건지 말을 건네야 한다. 시장에 도착해서 내가 필요한 물건들을 크메르어(캄보디아 언어)로 해야 하는데 단어장 몇 장 들고 나가서는 턱도 없다. 어리숙해 보이면 끝장이다. 내 지갑은 빈털터리로 돌아오게 된다. 10배 넘는 가격으로 사 오고도 비싸게 산 줄 몰랐다. 한국보다 훨씬 물가가 싼데, 깎을 재간도 없고 말도 못 하니 방법이 없었다. 같은 집에 거주한 캄보디아인 언니가 시장을 갈 때 따라나섰다. 옆에서 흥정 기술도 배우고 단어들도 익혔다. 어느 시장에나 있는 길거리 맛집도 쫓아다니며 장보기의 즐거움을 만끽했다. 가끔 배탈이 나는 경우도 있었지만 괜찮았다.

손짓 발짓하며 의사소통을 하고 문화적 차이로 실수하는 부분까지 현지인들의 이해를 받았다. '벙'이라는 단어는 언니, 오빠를 뜻하는 말인데, '벙~' 이렇게 부르면 연인을 부를 때 애교스럽게 부르는 거란다. '오'와 '아' 사이의 발음과 길이를 내가 어떻게 구분해서 말을 할 수 있단 말인가. 나는 참으로 많은 사람을 연인처럼 불러댔다. 이것 말고도 알게 모르게 한 실수를 생각해보면 지금도 손발이 오글거린다. 캄보디아 친구들이 얼마나 많이 참아주었겠는가를 생각해보면 눈물이 앞을 가린다.

봉사자가 아니라 봉사를 받으러 온 사람이었다. 캄보디아는 타인을 배려하고 도울 수 있는 법을 가르쳐주었다. 친절과 사랑을 베풀었다. 국내 훈련을 복습하는 느낌이었다. 봉사를 실천하러 온 건데 이래도 되나 싶었다. 생각의 틀을 깨야 했다. 봉사하러 온 건 맞지만 실전에서는 그렇지 못했다. 아프고 실수투성이였다. 일 년 동안 내게 어떻게 봉사적 삶을 실천에 옮길 수 있을까를 알려 준 건 다름 아닌 캄보디아 친구들이었다. 뎅기열로 아플 때 보다 더 미안한 마음이 일 년 내내 채워져갔다. 돌아갈 때는 봉사자 같은 느낌의 옷이라도 걸칠 수 있게 해주었다. 한국에 도착해서 보고하고 후원자들을 만나는 동안 내가 봉사한 것 같은 풍미를 끼쳤다. 이타적인 삶은 캄보디아에서 한국으로 돌아온 직후 아니 그거보다 훨씬 더 뒤에 시작되었을 수 있다. 경험하고 배운 것은 뇌리에 박혀 현재와 미래에 서서히 흘러나오길 바란다. 언젠가 동경했던 사람이 되어 있기를 소망해본다.

건축

　나의 주 사역은 건물 설계 및 공사감독이었다. 황량했던 대지는 6개월 뒤에도 거의 그대로였다. 계획한 대로, 기초공사가 시작되고 있었지만 얼핏 눈에 보이는 건물은 없었기 때문이다. 공사 터는 프놈펜 트마이(새 프놈펜이라는 뜻)지역인데 70년대의 강남이라고 할 수도 있고, 80년대의 분당이라고도 할 수 있다. 이미 도시계획을 완료해서 도로 구획 계획은 있었지만 아직은 비포장 상태였다. 이곳에도 부동산 투기는 있었다. 해가 갈수록 우리의 땅은 땅값이 올랐고, 이따금 땅을 팔라는 연락도 왔다. 대지 구매부터 건축 공사비까지 모두 후원에 의지해야 하는 터라 유혹될 수밖에 없었다. 토지를 팔아서 싼 대지를 구매 후 차액금으로 건물을 지으려는 생각도 들었다. 공사비가 모자라서 몇 번이고 공사를 중단하는 일도 있었기 때문이다. 하지만 기존 후원자들과의 약속과 캄보디아청년들을 교육시키고 인재를 발굴하기 위한 목적을 위해 유혹을

뿌리쳐야 했다. 다른 공사를 의뢰받아 돈을 벌어서 이곳에 투자할까도 진지하게 고민했었다. 누구에게나 트마이 지역의 교육센터는 캄보디아 미래 인재 발굴을 위한 꿈이자 희망이 그려지는 곳이었다. 지역의 교육센터는 캄보디아 미래 인재 발굴을 위한 꿈이자 희망을 그리는 곳이었다.

대지 북쪽으로는 큰 호수가 있었다. 석촌호수 정도의 크기인데, 놀라운 사실은 인공호수라는 것이다. 왜 여기에 인공호수를 만들었냐고? 아니다. 불법으로 흙을 가져다 쓴 결과이다. 상상이 안 되겠지만, 사실이다. 개발도상국답게 건축의 붐이 일어나고 있었는데, 이곳저곳에서 트럭으로 흙을 실어 나르는 것을 보았다. 별다른 감시도 없는 외딴 지역이었다. 우기가 한 번 지나간 후 흙이 사라지진 자리에 물이 가득 차서 호수가 된 것이다. 어쨌건 우리에게는 매우 감사한 일이었다. 건물이 지어지면 북쪽으로 호수 전망이라서 좋기 때문이다.

이곳을 자주 왔다 갔다 했다. 비포장도로라서 우기 때에는 가끔 차 바퀴가 진흙에 빠져서 고생했다. 혼자서도 많이 가야 했는데, 오토바이 택시를 타고 프놈펜 트마이를 가자고 하면 아무도 없는 곳에 왜 가냐고 그런다. 보통 시내를 다닐 때 평균 500원 정도 드는데, 여기는 2,000원 정도 쥐야 한다. 안전을 위해 몇 번이고 아저씨를 골라서 단골 처를 뚫었다. 택시비에 안전까지 신경 써야 할 일들이 많았다.

시골은 현지 건축과 공무원이었던 쏙지어가 담당했다. 이곳의 공무원은 투잡을 가질 수밖에 없다. 2006년에 공무원 월급이 100$도 채 되지 않아서 생활이 되지 않는 수준이었다. 그래서 다른 일을 해도 서로 눈감아 주는 분위기인 듯했다. 쏙지어가 건물을 설계 겸 시공을 하는데, 내가 나타나서 공간 구획도 꼼꼼히 하면서 이것저것 지시사항이 많아서 힘들었을 것이다. 대충 설계라고 할 것도 없이 건물을 짓는데, 나는 그에 비하면 매우 요구사항이 많은 사람이었다. 세밀한 도면 여러 장을 주며 문 여는 위치와 방향, 창문의 높이, 크기, 열리는 방향 등까지 모두 지정해주었기 때문이다. 한국에서는 그렇게 하는 게 당연한 일이지만 캄보디아에서는 그렇지 않다.

캄보디아인들이 많이 쓰는 단어 중에 '아다이떼.'라는 말이 있다. '괜찮아.'라는 뜻이다. 잔소리 또는 요구가 많을 때 건성으로 '알았어.' 또는 '다 괜찮을 거야.'라며 대답한다. 잔소리 하지 말라는 뜻이다. 진짜 답답했다. 조금만 엇나가도, 조금만 오차가 생겨도 공사 현장에서는 큰일이 날 수 있기 때문이다. 건물이 부실해지면 어쩌려고 '아다이떼'라고? 말도 안 되지. 불편한 공정과정도 바꾸지 않는다. 편한 방법을 알려줘도 '아다이떼.' 하면서 익숙한 대로 일을 하려고 한다. 무엇이 괜찮은 건지 정말로 모르겠다. 무엇이 괜찮은 건지 정말로 모르겠다.

공사 현장의 일꾼들도 부리기가 너무 힘들었다. 원래는 시공자가 알아서 하는데 '아다이떼.'를 입에 달고 사니 믿을 수가 있어야지. 그래서 도면을 들고 이곳저곳 꼼꼼이 확인하고 잔소리하는 것은 모두 내 몫이었다. 처음에는 일꾼들은 도면이 어떻게 생긴 지도 몰랐다. 맙소사! 그중에 책임자를 불러서 도면을 설명하고 꼭 그에 따라 시공하도록 지시했다. 처음에는 몇 번 잃어버리더니 쓰다만 휴짓조각처럼 주머니에 넣고 다녔다. 결국 벽이 없어야 할 곳에 벽이 올라가고 있었다. 고치라고 야단을 하니 돈이 더 든다고 안 한다고 버텼다. 지금도 생각하면 속에서 울화가 치민다.

너무 힘들어서 인근의 공사를 맡고 있던 한국인 건축가에게 상담했다. 한가지 다행인 건 여자라서 더 무시받은 줄 알았는데 아니었다. 그 분도 공사장의 일꾼들과 소통하는데 어려움을 많이 겪었다고 했다. 시행착오 끝에 방법을 터득 하셨다고 했다. 망치를 들고가서 잘못된 부분을 그냥 깨부숴버린 일을 이야기해 주었다. 그다음부터는 도면의 지침을 따랐다고 했다. 마음을 단단히 먹고 집을 나섰다. 현장에 도착해서 큰마음을 먹고 망치를 들자 책임자가 나서서 지시를 따르겠다고 나를 말렸다. 다음 날, 현장에 다시 확인을 하러 갔다. 세상에나! 1층 로비를 들어서자 가장 잘 보이는 벽에 합판으로 게시판을 만들고 각 층의 도면을 붙여 놓았더라. 그간의 고생이 씻겨 내려가는 듯했다.

내가 있는 동안은 공사비 부족으로 골조 공사까지 했다. 지금은 벌써 계획했던 대로 완공이 되어 잘 사용되고 있고, 계획안만 있었던 다른 건물도 완공이 되었다고 한다. 곧 건물을 볼 날을 생각하면 마음이 뜨거워지고 입꼬리가 올라간다.

직접 설계를 하고 공사를 지켜보는 것은 건축과 학생들 모두의 꿈이다. 그런데 건축가는 아직 안 되었지만, 건축학도로서 생각지도 못하게 대학교 졸업 후 바로 꿈을 이루었다. 지금도 믿을 수 없다. 상상도 하지 못할 일이다. 처음 캄보디아를 가겠다고 따라나선 때부터, 꿈을 이룰 것이라고는 생각도 못 했다. 학교에서 배우는 지식은 실제와는 상당한 거리가 있다. 그래서 회사에 다니면서 다시 배우게 되는데, 나를 불러준 나의 책임자, 김민성 선교사님도 대단하시다. 아직 아무것도 모르는 나를 뭘 믿고! 캄보디아를 가기로 했을 때, 주변에서 무슨 민폐를 끼치려고 나서냐고 했다. 가서 할 수 있는 게 있을 거 같냐고 취직해서 배워서 준비되면 가라고들 했다. 다 맞는 말이다. 난 그냥 마음이 시키는 대로, 희미하게나마 발자국이 나 있는 길로 용감무쌍하게 갔다. 맨땅에 헤딩하듯 현장에서 배웠다. 건물이 올라가는 만큼 나도 성장하고 있었다.

김민성 선교사님은 '매우 어려운 일이지만 기꺼이 한 번 해 볼게요.' 라는 말을 자주 쓴다. 부탁이나 요청 등 어떤 어려운 일에도 'No' 라는 대답을 하는 법이 없다. 보통 기꺼이 'Yes'를 외치면서 어떻게 하면 일이 될 수 있을까를 많이 고민한다. 열정이 넘치는 개척자. 늘 밝고 활력이 넘치신다. 밤이면 피곤으로 인해 두통약 등을 달고 사시면서도 아침이면 20대처럼 힘차게 일어난다. 이는 캄보디아에 있는 동안 내게 큰 영향을 끼쳤다. 나의 앞으로의 삶에서 꼭 필요한 것을 배웠다. 열정, 개척, 불가능을 보기보다 '가능'이라는 눈으로 무엇이든 바라보자! 해보자!

　현장 공사를 하면서 갖추고 연마해야 할 부분을 여실히 보았다. 그만큼 아니, 그 이상으로 채우고 준비하여 내 생에 열정을 다해서 건축 일을 해보자고 꿈을 품었다. 구체적으로는 실용적이면서도 지역 환경에 맞는 도시 재개발, 1차 의료 서비스(병원) 건물과 네트워크의 확충, 교육 시설 기반 설립에 관한 공부를 하기로 했다. 내가 열정을 품는 한 나는 원석인 것 같다. 어느 날 다듬어져 값진 나라는 고유의 보석이 되는 날이 오겠지. 꿈이 이루어지면 현실이 되고, 그 현실이 또 다른 꿈을 양산한다. 또 꿈이 현실이 되면, 난 그 결실로 또 다른 꿈을 꾼다. 그렇게 내 삶은 꿈의 수레바퀴를 굴려 갈 것이다.

음악으로 맺어진 인연

건축 외 교회 찬양팀을 만들었다. 어릴 적 어머니가 피아노 학원을 하셨다. 그래서 자연스레 음악을 접할 일이 많았다. 다른 친구들처럼 학원에서 시간을 정해서 배운 적은 없지만, 눈동냥, 귀동냥으로 배웠다. 중학교에 가기 전 무렵 엄마처럼 피아노를 치고 싶다고 전공자 수업을 시작했다. 얼마 지나지 않아 음악으로 먹고 사는 길은 포기했다.

어깨 너머로 배운 것으로 찬양팀을 만들게 되었다. 처음에는 일요일에 교회에 갔는데 그들의 민요풍 또는 밤무대의 음악과 같은 노래와 악기 반주가 울리는 것을 보았다. 흥미롭고 재미있었는데, 악기 팀들이 밤 무대 출신이라서 그 색을 지우기 힘들었다. 마침 키보드 자리가 빈다고 권유해서 참여하기 시작했다. 2~3주 후 이상한 것을 느꼈다. 소수의 사람 외에 악보를 못 보는 것 같았다. 특히 보컬에게 새로운 노래를 하자고 악보를 주었는데, 연습이 시작된 한참 뒤

부르기 시작했다.

알고 보니 캄보디아에는 우리의 중, 고등학교와 같이 음악과 미술 수업이 없었다. 그래서 교회에서 다 같이 노래를 부를 때도 대금이 음을 끌듯이 노래를 하는 것이었다. 주말을 이용해서 학생들이 좋아할 곡을 정해서 악보를 보고 부르는 방법을 가르치려고 마음을 먹었다.

토요일 오후 5시. 희망 학생들을 불러 모았다. 학생 모으기는 어렵지 않았다. 교회가 2층 주택인데 1층이 다목적 모임실이고 2층은 방 4개와 화장실로 되어 기숙사로 사용했다. 지방에서 수도인 프놈펜에 대학교를 진학하며 온 학생들을 위한 곳이었다. 약 20명이 모였다. 한국에서 온 얼굴 하얀 여자 선생이 말도 안 통 하는데 무엇을 하려나 하는 호기심에 모두 모인 것 같았다.

한국에서 대학생들이 즐겨 부르는 CCM 곡들을 선곡했다. 이미 번역이 된 곡들이 많아서 캄보디아어로 부를 수 있었다. 학생들은 글은 당연히 읽으니 내가 문제였다. 처음 왔을 때 문자 배우기는 포기했었기 때문이다. 그때 배웠으면 조금이라도 읽을 수 있었을 텐데……. 이제 와서 배우면 한국에 돌아갈 때까지 노래 부르는 것은 포기해야 할 것 같았다. 같은 집에 사는 로앗 언니의 방을 밤마다 찾아갔다. 악보를 들이밀며 읽어달라고 하고 소리를 듣고 한글로 소리를 받아 적었다. 토요일이 되면 어느 정도 입에 붙어서 학생들 앞에서 시범을 보일 수 있었다. 음표, 악보의 기호들을 외워오게 숙제를 냈다. 곡의 의미를 알고 재미와 감동을 주기 위해서 묵상 숙제도 내었다. 노래는 다른 형태의 시라고 하지 않는가. 매주 한 곡의 노래를 배우면서 그 노래의 출처나 인용구를 요약해서 알려주고 일주일 동안 일상 생활에서 이와 연관된 경험이나 느낌을 써내게 했다. 함께 곡에 대한 느낌이나 해석, 위로나 힘이 된 이야기들을 주고받았다. 영어로 써내라고 하니 한두 명밖에 제출하지 않았다. 캄보디아 문자로 제출! 전원 해냈다. 최소한 페이지 이상 내는 것을 보고 놀랐다. 주입식 교육은 우리나라에만 있는 건가? 대학생 때 과제 발표하는 게 두려워서 최대한 미루다가 과제 제출로 대신한 적이 많았었다. 반면, 캄보디아에서는 학생들이 수업에 자발적으로 적극 참여하고, 글쓰기와 말하기를 쉽게 했다.

글을 써서 다른 사람을 보여주는 건 너무 부담스러운 일이었다. 싸이월드에 다이어리를 써도 내가 봤을 때 그럴듯한 글이나 인용을 많이 한 글만 공개하고, 다른 글은 비공개했다. 글자 한 자 못 읽는 나에게, 친구의 도움을 받아 번역 후 글을 이해해야 하는 나에게 어떤 두려움 없이 제출했다. 나 이외에 누군지도 모르는 번역가를 통해서 글을 보게 된다고 하여도 학생들이 개의치 않아 했다. 토요일에 20장을 들고 집으로 들어갔다. 아, 이걸 어쩐다……. 다시 로앗의 방문을 두드렸다. 다행히 이때는 쉬운 말은 들으면 이해하는 정도라서 영어를 잘하는 사람을 통하지 않아도 되었다. 로앗이 글을 읽어주는 이해하고 답글을 써주기도 했다.

찬양팀과 토요일 연습, 일요일 특송, 한 곡 부르기 이외에 특별한 것을 하지는 않았다. 노래 한 번 가르쳐볼까? 단순한 호기심의 시작에서 교회 친구들을 도와주는 사람이 되었다. 진짜 선생님처럼 제대로 가르칠 수 없었지만 그들에게 호기심과 즐거움을 줄 수 있다면 해볼 만하겠다 싶어서 시작했다. 같이 노래 배우기를 즐기도록 노력했다. 나를 도와주다가 관심을 가지게 된 로앗도 함께 했다. 주말에도 근무를 해야 하는 로앗을 토요일 3시간 정도 외출할 수 있게 허락을 받아 주었다. 친구들과 함께 외출도 하고 노래 연습을 하면서 스트레스를 해소하니 좋다고 했다. 나도 주중에 사무실과 공사 현장에 나가느라 친구들 사귀기 힘들었는데, 주말의 모임은 오아시스가 되는 시간이었다. 가끔은 정해진 외출 시간에 좀 더 늦게 들어가서 혼나기도 했지만, 그것도 지금까지 우리의 추억이 되어 마음의 쉼이 되곤 한다.

연습 전 배가 든든해야 노래를 잘 부른다며 로앗과 친한 친구들 몇 명과 함께 시장에 들렀다. 여러 시장을 돌아다녔다. 진짜 캄보디아 음식을 접했다. 우리와 다른 점은 어떤 동물이든 머리가 같이 요리된다. 심지어 참새까지! 머리가 있는 통째로 바비큐가 되어서 팔린다. 새 종류를 무서워하던 터라 용기내서 한 번은 먹어볼까 했지만 꼭 머리에 있는 눈이 나를 째려보는 듯해서 포기했다. 그래서 시장 갈 때마다 놀림거리가 되곤 했다. 각종 머리를 들이밀며 겁을 주었다. 특히 맛있었던 건 쌀국수, 라면 등 면 종류. 미원 같은 조미료를 국자로 퍼서 넣는 걸 보고서도 맛있었다. 그리고 연유 잔뜩넣은 차고 쓴 커피. '카페뜩다꼬'. 짜고 매운 음식 후 단맛으로의 입가심은 세계 공통 진리가 아닐까. 강변이 보이는 시장은 해먹이 있어서 폼베이 벽화에 나올 법한 자세로 누워서 음식을 먹으며 강 위의 노을을 바라보곤 했다. 어제 일처럼 생생하다.

어느 날 타인을 위해 성취한 일에 관한 곡이었다. 찬양팀을 생긴 지 4달 정도 뒤였는데, 시간이 갈수록 학생들의 생각도 깊어지고 나도 성장하고 있던 시기였다. 그때의 글 중 지금까지 보관한 하나를 꺼낸다.

주제 다른 사람을 위한 일을 한 적이 있는가? 무엇을 느꼈는가?
글쓴이 소페악, 20살.

살면서 가족, 친구들, 학교를 위해서 몇 가지 잘한 일이 있다.

가족. 한창 공부해야 할 고등학교 1, 2학년 때 가족의 일을 도와야 했다. 참고로 나는 공부에 욕심이 많다. 이른 아침과 방과 후에 나는 부모님을 도와 시장에 팔 물건을 옮기는 일을 했다. 물건이 많을 때면 지각하기 일쑤라 선생님께 혼나는 날도 많았다. 하지만 내게는 선택의 여지가 없었다. 모든 짐을 옮겨 놓아야 부모님이 장사하실 수 있기 때문이다. 그런데도 물리학 경진 대회에서 1등을 했다. 공부할 시간이 적었지만, 틈틈이 공부한 끝에 좋은 결과를 얻어서 기분이 좋았다. 그리고 부모님께서 나에게 미안해하셨는데 그 미안함을 덜 수 있어서 다행이었다.

친구. 친구들과 어울려 놀기를 좋아했다. 그런데 친한 친구 중에 학업성적이 뒤처지는 친구들이 있어서 스터디 클럽을 만들었다. 주말의 여가를 통해서 친구들을 집에 불러서 공부를 도왔다. 때때로 늦게까지 공부하다가 밤이 늦어서 우리 집에서 다 같이 자기도 했다. 2달 정도밖에 도와줄 수 없어서 아쉬움이 가득했었는데, 이번 묵상을 하는 동안 대학교에서도 해보자고 결심했다. 또 친구들을 도울 기회가 생겨서 좋았다. 이렇듯 교회에도 찬양팀이 생겨서 좋다. 더 아는 사람이 서로를 가르쳐주고 그 안에서 정이 싹튼다. 친구들의 성적이 향상되기를 바란다. 하나님이 이러한 나의 요청을 받아주지 않을 수 없을 것이다. 항상 기도를 부탁해. 그루!

God bless you for what you try to help me, my friends and my church.

마지막 줄은 그대로 쓴다. 어법 같은 거 신경 쓰지 말고 내게 전해진 마음을 느낄 수 있기를 바란다. 나에게도 친구들에게도 변화를 일으킨 모임이었다. 글을 통해서 서로의 삶을 나누면서 도전받았다. 캄보디아에서는 문맹자였던 내가 글을 주고받다니! 내게 진심을 다해 자신의 이야기를 나누고 내 이야기를 들어준 친구들에게 감사한다.

그들의 글을 통해서 많이 배웠다. 같은 곡을 접하더라도 각자의 해석이 달랐다. 자신의 일상의 예를 들면서 적용해나가는데 감격할 수밖에 없었다. 다른 이들을 위해서 일하는 것을 봉사라고 했던가. 지나고 생각해보면 나는 또 봉사를 받고 있었다. 이때부터 시작이었던 것 같다. 글을 쓰는 이유. 글쓰기는 나와 상관없는 일이라고 생각했다. 10년이 지난 지금 글쓰기를 한다고 앉아서 지난 일을 회상하면서 글을 쓰고 있다. 글을 쓰다 보니 이때가 떠오른다. 처음 글쓰기를 했던 때. 한글이 아닌 영어로 시작했다. 요즘에도 글을 써서 보여주면 영어처럼 지시어가 많다고 한다. 영어를 절대로 잘 하는 사람은 아닌데 어쩌다 보니 영어로 처음 글을 쓰게 되었다. 어느 언어든 상관없다. 글에는 내 목소리가 담겨있고, 내 마음이 스며들어 있다. 내가 느꼈고, 친구들도 느꼈다. 한두 번 부르고 지나갈 노래에 글을 통해서 마음을 다하게 되었으며 삶을 다하게 되었다. 그 덕에 지금도 떠올리면 눈물 글썽여지는 노래가 있다.

남는 건 사람들

한국으로 돌아갈 날이 다가왔다. 어느 곳 하나 그립지 않은 곳이 없을 것 같다. 누구 하나 그립지 않을 사람이 없을 것 같다. 하루하루 어느 때보다 시간이 빠르게 흐른다. 캄보디아에 있는 동안 교회 친구들 외에 CCC(국제 대학생 선교회) 간사들과도 친하게 지냈다. 내 또래의 친구가 있다. 대학생들을 위해 평생을 일하겠노라고 헌신한 이들이었기에 내게 가장 많은 도전과 영감을 준 친구들이었다. 일하다가 고민이 될 때면 만나서 고민을 털어놓고 조언도 들었다. 나도 대학생들을 많이 상대해야 했기 때문에 도움이 많이 되었다. 국제단체다 보니 외국인들도 많이 대했던 친구들이라서 내가 캄보디아의 문화, 언어, 사람들을 이해 못 하는 부분도 터놓고 도움을 받을 수 있었다.

이별의 시간이 다가오자 친구들이 나를 초청했다. 3층 집을 렌트해서 간사들이 나눠서 살고 있었다. 싸칼. 우리 교회에 일요일마다 사역을 나오던 간사였다. 그의 집에 친한 간사들과 함께 모였다. 집에 들어서자마자 놀라서 나자빠졌다. 인테리어를 싹 바꿔놓은 것이다. 송별 파티를 위해 며칠이고 준비했다고 했다. 아. 나 여기 계속 살아야 하나.

남자들의 숙소라고는 믿기지 않았다. 깔끔 그 자체였다. 2층으로 올라가니 방이 두개 있었다. 하나는 싸갈의 방, 하나는 나이의 방이었다. 파티의 장소는 싸갈의 방. 지금 우리에게는 흔히 볼 수 있는 인테리어이던 이때는 지금으로부터 10년 전! 한국이 아닌 캄보디아이니 20년은 더 거슬러 올라가야 한다. 침대 옆에 프레임만 있는 책장을 두었다. 침실과 거실 공간이 원룸 내에서 구분되었다. 책장에는 책 몇 권과 소품들이 전시장처럼 진열되어 있었다. 국부 조명을 설치해서 액자나 예쁜 소품을 비추었다. 창가 반대편 벽에는 또 다른 조명 하나가 2인용 티 테이블 위의 정갈한 테이블보 위로 떨어진다. 들어서자마자 눈이 휘둥그레지며 방 곳곳에 시선이 천천히 흘렀다. 눈을 감으면 아직도 선명히 그려진다.

친구들에게 선물도 받았던 것 같은데, 미안! 인테리어 때문에 지금은 기억이 가물가물하다. 살면서 이런 대접은 또 처음이다. 오래간만에 옹기종기 모여앉아 음식을 나눠 먹으며 그동안의 이야기들을 나누었다. 대학교 앞 카페에서 간사들과 그의 학생들과 모여 앉아서 도란도란 사소한 이야기를 나누면서 즐거워하던 때가 생각났다. 프놈펜 내에 있는 대학교는 다 가본 듯하다. 더운 날씨를 물리쳐줄 달콤한 카페 뜨다꼬와 사탕수수 착즙 주스를 즐겨 마셨다. 우리나라에는 요즘에 와서야 착즙주스가 비싼 가격으로 열풍인데, 이곳에서는 이미 오래 전부터 500원으로 어느 과일이든 착즙 주스를 마실 수 있다. 어느 허름한 시장에가도 손으로 쥐어짜는 기계가 있다. 전자동의 블렌더가 보급되지 않았기 때문인데, 어쩌면 문명 기술이 발달할수록 기술 이전의 것, 사람이 하는 일들을 그리워하는지도 모르겠다. 이렇게 또 먹는 것 하나, 눈으로 본 풍경 하나, 그들의 목소리가 마음에 스며들어온다. 나를 배려해 늘 영어로 얘기해 주었지만 나도 그에 보답하였다. 그들이 서로 캄보디아어를 할 때 어설픈 발음으로 특유의 억양을 따라 함으로 웃음거리를 주곤 했다. 그렇게 서로 가까이 갔다. 사실 캄보디아어를 배우지 않아도 상관은 없다. 시장가서 조금 더 비싼 가격으로 물건을 사면 되고, 아님 정찰제를 하는 대형마트에만 가도 된다. 우리와는 다르게 캄보디아의 대학생들은 영어를 못 하지만 영어 말하기를 잘한다. 말하기에 겁이 없고 먼저 나서서 영어로 말하기를 원한다. 한 번이라도 더 연습하려고. 그런데 왜 그렇게 스트레스 받으면서 크메르어를 배웠냐고?

어느 어학서를 보더라도 언어 학습이 곧 문화 학습이다, 문화 학습이 곧 언어 학습이라고 한다. 학교 영어에 찌들어있던 나는 언어에 젬병인 줄 알았다. 문법 용어를 지칭하는 낯선 한자어들, 부동사, 전치사? 우리 문법에 있지도 않은 현재 완료형, 과거 완료형. 영어 단어보다 한자어를 외우느라 정신이 없었다. 학창시절 내내 외국인 선생님과 함께하는 영어 회화시간이 있었는데 40 : 1 수업이라 헬로우, 바이, 외의 말은 건네 볼 수조차 없었다. 영어시험은 꼭 국어 시험과 비슷해서 언어 이외의 논리적 사고도 필요했다. 영어는 두려움이 되었다. 희한하다. 글자도 읽을 줄 모르는데, 별 유머 감각이 없는 터라 흉내 내는 걸로 사람들에게 즐거움을 주고자 시작했던 단어 하나 하나가 자연스레 나의 말이 되었다. 친구들이 어떤 단어를 자주 사용하는 지 유의해서 들었다. 말투와 억양은 따라 흉내내며 익혔다. 익숙해지면서 함께 써야 하는 단어와 같이 쓸 수 없는 단어를 구분하기 시작했다. 우리는 초면에 이름, 나이 등의 기초 조사부터 시작하지만 여기는 그렇지 않다는 것도 깨달았다. 실례가 될 질문은 삼갔다. 이것이 문화를 배우는 것 아니겠는가. 우리가 '식사는 하셨나요?' 라고 인사하는 것처럼 주로 쓰는 언어가 다르다. 점점 언어를 배우기에 흥미를 느끼고 말이 어느 정도 유창해질 때쯤에는 '너 이제 현지인 다 됐다.' 고 했다. 얼굴도 까맣게 타고 단어는 어눌하지만 말투라고 흉내 내니 무리에 섞여있으면 모르겠다고 한다. 최고의 찬사였다. 가끔 방문하는 한국 사람들에게도 현지인 같아서 어쩌나 라는 말을 들었다. 진짜 마음을 다할 수 있는 친구들도 사귈 수 있게 되어 캄보디아어 배우기를 참 잘했다 싶었다. 이 덕분인지 가기 전에 김민성 선교사님이 붙잡았다. 일을 제대로 배우려면 최소 3년은 있어야 한다고……. 붙잡고 싶은 사람이 된 건 참 잘한 일이고, 선교사님께도 감사드린다. 발이 떨어지지 않지만 돌아가기로 마음을 먹었다.

마지막 일요일 예배에 참석했다. 마지막 예배의 설교는 싸칼이 하였다. 이제는 캄보디아 예배에서 반 이상은 알아듣는다. 그간 키보드 자리에 앉아 있다가 처음으로 가운데 맨 앞에 앉았다. 마지막 날이라 특별히 캄보디아어로 찬양 한 곡을 준비했다. 물론 한글로 발음을 다 적어놓은 악보를 들고, 생일 때 선물 받은 캄보디아 전통의상을 입고 앞에 나섰다.

감사해요. 깨닫지 못했었는데, 내가 얼마나 소중한 존재라는 걸.

태초부터 지금까지 하나님의 사랑이 항상 날 향하고 있었다는 걸.

고마워요. 그 사랑을 가르쳐준 당신께. 주께서 허락하신 당신께.

그리스도의 사랑으로 더욱 섬기며 이제 나도 그 사랑을 세상에 전하리라.

당신은 사랑 받기 위해 그리고 그 사랑 전하기 위해 주께서 택하시고 그 사랑 심으셨네. 또 하나의 열매를 바라시며…….

눈물이 앞을 가린다. 학생들이 보고 있다. 단어 하나 하나 정확히 잘 들려주고 싶다. 잘해야 한다. 다행히 잘 마무리하고 자리에 앉았다. 싸칼의 설교가 시작되었다. 마침 나의 마지막인 걸 아는지 삶의 열매에 대한 설교였다. 열변을 토하는데, 말미에 내 얘기를 했다.

한그루가 할 수 있는 게 많아서 왔다고 생각하는가. 그렇지 않다. 편안한 집과 고향을 떠나 캄보디아로 온 순간 모든 일은 시작되었다. 비록 적응하느라 힘들고, 아프고, 도움을 받을 때도 많지만 여기로 온 것만으로도 우리에게 도전은 시작되었다. 여기는 우리의 땅이고 우리의 터전이다. 우리는 그간 무엇을 했는가. 나는 왜 공부를 하는지 진지하게 생각해봐야한다. 앞으로의 삶은 어떤 방향이 되어야 하는가. 계속 타인의 도움에만 의지할 것인가.

돌아가는 내 마음에도 쿵 와 닿았다. 나를 칭찬하는 내용도 있어서 기분이 좋아서 감격한 것도 있지만, 앞으로의 삶을 계획하고 꿈에 부풀어 돌아가는 발걸음에 또 하나의 도전을 주었다. 'Why not change the world?' 오늘을 잊지 말자. 나만을 위해 공부하고 일하는 사람은 되지 말자. 더 나아가 내가 주변에 할 수 있는 일은 무엇인가를 고민하면서 공부하자. 목표가 더 높아지고 커졌지만 그만큼 뿌듯함과 성취감도 따라올 것 같은 묘한 기대감이 몰려왔다.

출국 날이 다가왔다. 밤 자정 비행이다. 캄보디아 음식 중 샤브샤브 형태의 음식이 있는데 좋아하는 음식 중 하나였다. 나의 친구들. 로앗, 소피악, 레악스마이, 브이, 다라가 내 취향을 딱 알고 준비해서 기다렸다. 해산물도 이것저것 넣고 먹는 거라 엄청 좋아하는 음식이었다. 아쉬움과 섭섭함이 가득한 얼굴들로 만났지만 웃으면서 헤어지고 싶었다. 즐겁게 식사를 하고, 선물도 받았다. 캄보디아에서 풍차를 본적은 없는 것 같은데 나무로 만든 핸드크레프트 장식품이었다. 아. 오르골. 풍차의 테옆 을 돌리면 음악이 흘러 나왔다. 그리고 바닥 한 켠에 한글로 '사랑해 누나! 소피읍, 레악스마이, 브이, 다라.' 라고 써 있었다. 그 어떤 고백보다도 감격스러웠다. 감격의 기쁨도 잠시, 공항 갈 시간이 다 되었다. 집에 들어가 모두에게 작별인사를 하고 선교사님 두 분과 함께 공항으로 갔다. 인사를 다 했는데, 친구들이 또 공항까지 나왔다. 이상 눈물을 참을 수 없었다. 이런 대성통곡이 따로 있을까. 겨우겨우 짐을 부치고 여권을 들고 나만 들어갈 수 있는 곳으로 드디어 들어갔다. 보안 검색대에서 직원이 울지 말고 그냥 있으라고 한다. 하하하. 그럴걸 그랬나. 안녕. 나의 사랑 캄보디아.

제2장

유학 준비중

한국으로

한국으로 돌아왔다. 그간 지쳤는지 병원도 꽤 다니고 두어 달은 아무 것도 안하고 편히 쉬었다. 밤마다 풍차를 돌리며 캄보디아를 그리워했다. 사랑의 이별 앞에서도 이만큼 슬퍼한 적이 없었다. 너무 그리웠다. 울고 또 울었다. 종종 전화도 했다. 그리워하며 시간을 보냈다. 어느 날 정말 대책없는 백수가 되어 있다는 걸 알아차렸다. 공부를 더 하고 준비되어 돌아가서 꼭 일하겠다는 다짐 은 뒷전이 된지 오래였다. 정신을 차리고 앞으로 어떻게 할지 생각해보았다. 건축 공부. 대학원 진학을 위해 서울에 가서 학부 때 교수님들을 찾아뵈었다. 미국 또는 유럽의 몇 개의 학교들을 추천받았다. 필요한 건 토플 점수, GRE, 포 트폴리오, 자기 소개서, 추천서 등이었다. 다시 언어 공부부터 시작해야 했다. 마침 고등학교 친구 주현 네 집이 방이 하나 비었다고 했다. 서울에 머무를 곳 이 필요했는데 잘 되었다. 주현이네로 입주. 토플, GRE 학원을 알아보고 등록 했다. 걸어갈 만한 거리라 편했다. 힘차게 들어갔으나 나올때는 늘 풀이 죽어서 나왔다. 이거 왜 이렇게 어렵지. 한창 언어에 흥미를 배우기 시작해서 이전 과는 다를 거라 생각했는데, 여전히 어려웠다. 매일 멘붕을 외치며 나왔다. 건축 공부는 재미있는데 왜 공부를 하기 위해서 사전 다른 공부를 또 해야 하는 거야?

세상에 한 번에 되는 일이 없다. 어릴 적 학창 시절의 추억을 쌓아야 한다며 공부 안 하고 돌아다니던 때가 생각난다. 하고 싶은 게 없으면 우선 공부를 하라던 어른들의 말씀이 생각난다. 하고 싶은 일을 찾는게 먼저라고 생각했는데, 아니다. 사회의 진입문에서는 어떤 점수를 원한다. 회사는 토익점수, 학교성적, 대학원은 학교성적, 각종 영어 성적을 수치화해 지원자들을 평가한다. 아직은 그 평가 방법밖에 없나보다. 그 관문을 넘어 내가 원하는 세상으로 가려면 지금 세상이 원하는 것을 꼭 해야 한다. 다시 공부 시작! 집중하자! 마음을 먹는데 쉽지 않다. 그래도 매일 똑같이 해나간다.

시작한 지 3달째 되는 어느 날, 부모님으로부터 전화가 왔다. 교통사고의 소식. 천안에 있던 동생 집에 갔다가 포항으로 돌아오는 고속도로에서 사고가 났고 했다. 두 분 모두 다치셔서 병원으로 이송되었다. 전화를 끊고 영상통화로 다시 걸었다. 괜찮다는 차분한 목소리와는 달리 얼굴에 붕대가 감겨있어서 얼굴을 본 후 더 걱정되었다. 당장 짐을 싸서 포항으로 갔다. 병원에 들어섰다. 겁이 나지만 문을 열었다. 엄마는 기운이 너무 없었다. 아빠는 외상은 크지만, 오히려 힘은 있었다. 들어가니 아빠는 무용담을 펼치시는 차는 엄청나게 찌그러졌는데 본인들은 상대적으로 덜 다쳤다고 하셨다. 죽을 뻔했는데 이 정도로 다쳐서 다행이라면서 감사하다고 했다. 옆에서 엄마는 머리를 부여잡으시면서 골치 아프다고만 하셨다. 그래도 다행이다. 의식이 있고, 골절상은 없어서 다행이었다. 아빠는 외상만 치료받고 이것저것 검사를 하고 별 이상이 없는 것을 확인 후 퇴원했다.

문제는 엄마였다. 거의 3달을 입원하셨다. 어지럼증과 구토가 지속하여 퇴원하시기 힘들었다. 피아노 학원을 하고 계셨는데, 당장 문 닫을 수도 없고……. 내가 나설 수밖에 없었다. 전공자로서 교육을 받은 경험을 꺼냈다. 주로 피아노 교육은 선생님이 계시고, 이론 공부를 가르치고 운영을 맡아서 했다. 정말 어려웠다. 그간의 엄마의 노고를 엿볼 수 있는 귀중한 시간이었다. 병원에 오전, 저녁을 출퇴근하면서 학원도 출퇴근했다. 이때는 아침에 아이들 등교까지 해줘야 해서 여간 쉬운 일이 아니었다. 하교 시간에 맞춰서 학교 앞에 픽업을 가서 데려왔다. 매 시간 수업이 끝나면 데려다 주고, 다음 학생들을 데려오고 했다. 이걸 30년 가까이 해오셨다고?

수업이 끝나면 병원에 가서 엄마와 도란도란 학원에서 있었던 일을 이야기했다. 각 학생들이 오늘 어땠는지도 보고를 하고 학원 운영에 대해 조언도 들었다. 거의 시키는 대로 했다. 학원비를 현금 봉투로 받아 올 때도 종종 있었는데, 그때면 기분이 뿌듯했다. 오늘 일을 보고하며 봉투를 건네면 엄마가 수고했다고 하고 난 왠지 모를 성취감도 들었다.

주로 초등학교 저학년 아이들이었다. 이 또래 아이들을 다뤄본 적이 없는 터라 문제가 많았다. 착하고 예쁘기만 한 아이들이었는데……. 말을 잘 안 듣거나 내 생각만큼 공부를 따라 오지 못 하면 다그치기 바빴다. 특히 활발한 아이들은 다루기가 어려워 더 확 잡으려고 노력했다. 정말 나쁜 선생님이었다. 교육의 'ㄱ'자도 모르는 사람이었다. 지윤이는 매우 활발하고 밝은 아이였다. 동생과 같이 다는 아이였다. 활발함을 넘어서서 괴팍할 때도 있었다. 진성이도 마찬가지여서 둘을 다른 시간에 배정 했었다. 하루는 지윤이의 공부가 좀 늘어져서 진성이랑 같은 시간에 있게 되었다. 다른 아이를 봐주고 있는데 소동이 났다. 진성이가 어린 지윤이의 동생을 괴롭혀서 지윤이가 의자를 높이 들고 던지려고 하고 있었고, 진성이는 밖으로 나가서 벽돌을 들고 들어오던 찰나에 내가 보았다. 너무 깜짝 놀랐다. 둘 다 초등학교 3학년이었는데 단순한 다툼이 아닌 주먹을 휘두르려 하다니……무지막지하게 화를 냈다. 둘을 밖으로 불러서 각자 혼내고 씩씩거리면 집으로 돌아갔다. 다음날 지윤이의 어머니가 학원이 끝나는 시간에 맞춰서 오셨다. 마음의 준비를 했다. 우리 엄마와 두터운 신뢰 관계도 있고, 이 학원에 정이 많이 들었는데 지윤이가 선생님과 맞지 않는 것 같다고 하셨다. 나도 그간 있었던 일을 간략하게 말씀드리고 너무 혼낸 점은 사과를 드렸다. 어쩌면 내 삶에서 첫 번째 거절 받은 경험이었던 것 같다. 그만큼 상실감도 컸다. 집에서도 친척들 중에서도 첫 째 라서 항상 관심을 많이 받고 자랐다. 사랑받는 게 익숙하고 인정받는데 익숙한 삶을 살아왔다. 어려서부터 엄마가 학원을 하시느라 바빠서 웬만한 일은 나 스스로 하는 게 익숙했다. 부모님께도 자랑, 조부모님께도 자랑이었다. 그런 내게 내가 한 일 때문에 거절을 받게 되는 일이 생겼다. 세상에 나아가서 멋지게 사는 줄 알았는데 아니었다. 나는 아직도 온실 속 화초였다.

이 모든 일은 원서를 내는 기간에 일어났다. 급하게 짐을 싸서 내려온 터라 준비할 책도 없었고 토플, GRE 시험은 날짜와 장소가 한정적이라 포항같이 지방에서 쉽게 볼 수 있는 시험이 아니었다. 그렇게 원서 준비를 하지 못한 채 시간이 흘러가고 있었다. 원망이 들었다. 부모님을 잘 섬겨야 한다고 배우지만 이러다가 여기 눌러앉게 되면 어쩌나 싶었다. 생각보다 엄마의 호전 속도는 느렸고 내가 집, 학원, 병간호까지 해내는 것에 만족하고 계신 것 같았다. 모든 부모의 마음은 그럴 수 있다. 자식이 잘되기를 바라지만 떠나보내는 건 무척이나 어려운 일이다. 미국으로 가고 싶다고 했을 때 부모님도 놀라셨다. 캄보디아에서 돌아올지 얼마나 되었다고 또 어디를 간다고? 자식 고생 안 하게 유학 생활을 뒷받침해 줄 집안 형편도 아니었다. 이제는 나, 동생 모두 독립해야 가족 모두가 편안하고 행복하게 살 수 있는 때가 왔다. 부모님도 그간의 고생을 우리를 건강한 어른으로 독립시키면서 털어내시리라. 문제가 발생했다. 그간 철석같이 믿었던 첫째는 독립할 생각이 없어 보인다. 대학원? 입학하면 생계는? 결혼은? 머리에 수많은 물음표를 띄우기며 시차를 두고 천천히 물어보신다. 이 온실 속의 화초는 꿈 타령하면서 자비로 가겠다고 큰소리 펑펑 친다. 어이가 없었으리라. 지금 생각해봐도 전혀 말도 안 되는 소리다. 그간 '너는 무엇이든 할 수 있고, 무엇이든 될 수 있다.'라고 응원과 지지를 받으면서 자라왔다. 난 당연히 말한 것처럼 될 것으로 생각했다. 원서 기간을 놓쳐서 다음 해 지원날짜를 노려야 했다. 그래, 준비하면서 돈도 모아보자.

두 번째 시카고 여행

갑작스러운 전화 한 통. 미국 시카고에 사는 현주였다. 이듬해 3월 결혼을 한다는 것이었다. 아직 만난 지 얼마 되지 않은 남자와의 결혼 소식에 걱정이 앞섰다. 유학을 떠난 지 만 3년이 되었을 때였다. 외롭고 많이 지쳐있었다. 그런데 결혼이라니!

새해가 밝고 어머니도 건강히 퇴원하셨다. 천천히 학원 일도 다시 할 수 있게 되고 점차 나의 도움도 줄어들게 되었다. 다시 짐을 쌌다. 미국으로 시카고로 간다. 여행을 좋아해서 많이 다니긴 하지만 같은 도시로 또 가는 건 이번이 처음이다. 여행보다는 현주가 있는 곳이기에 특별해진 것 같다. 출발. 가족들보다 먼저 도착했다. 현주의 남편 될 사람도 만나고 함께 하다보니 조금은 안심이 된다. 현주는 결혼 준비로 분주했다. 무엇을 어떻게 도와야 할지 모르다보니 아무런 도움이 되지 못했다. 대단한 도움이 되고자 부푼 마음을 안고 비행기에 올라탔지만, 막상 도착해보니 짐 하나같았다. 걱정되던 내 마음은 한시름 놓았지만, 도울 일보다는 도움받을 일밖에 없어 보였다. 현주 동생인 주희가 있어서 틈틈이 시카고의 구석구석을 돌아보자고 했다.

바람의 도시. 건축의 도시. 시카고.

1871년 시카고 대화재가 발발해 큰 피해를 보았다. 그 후 도시를 재건하던 중 최초로 철골조의 건물들이 들어서기 시작하면서 세계적으로 근대 건축사의 한 획을 그은 시점이 되었다. 학부 시절 이론 수업 때 들었다. 그때의 흑백사진들과 함께 새로운 건축재와 고층 건물들의 향연을 잊을 수 없다. 세계적으로 모더니즘을 대표하는 근대 건축가 거장들의 작품이 고스란히 대자연 못지않은 빌딩 숲을 이루고 있는 도시이다. 처음 갔을 때의 감격은 어떠한 말로도 표현할 수 없다. 이번에는 곳곳에 세워져 있는 거장들의 모더니즘 시작을 알리는 건축물들을 보러 다녔다.

미국이 낳은 최고의 건축가. 프랭크 로이드 라이트. 뉴욕 구겐하임 박물관을 본 적이 있다면 이 사람을 알 것이다. 시카고의 유니티 교회를 방문했다. 지금은 철근 콘크리트 건물이 즐비하다. 건축물은 거의 철근 콘크리트라고 생각할 것이다. 하지만 100년 전에는 달랐다. 20세기 초 철근 콘크리트는 실험적 자재였다. 곳곳에 몬드리안의 그림을 보는 듯한 기하학적 패턴과 유기적 동선에 감탄을 금치 못하며 빠져들었다.

미국 오기 직전 받은 국제 면허증으로 영어로만 되어있는 내비게이션에 의지해서 주희를 태우고 돌아다녔다. 현주의 결혼식은 온데간데없이 어느 순간 나의 건축 여행이 되었다. 총기 사고도 많이 일어나는데 겁도 없이 많이도 돌아다녔다. 그만큼 나에게 더 큰 선물로 다가왔다. 잊히고 있었던 나의 꿈과 열정에 불씨를 일으키고 있었다.

27살. 결혼에 대한 환상이 있을 나이였다. 몇몇 친구들이 결혼 준비를 하고 있었다. 지방에서 서울로 대부분 대학교를 따라 유학 간 터라 결혼은 더할 나위 없이 부러울 수밖에 없었다. 좁아터진 원룸에 몇 년간을 살면서 이사도 여러 번 했고, 보증금을 받지 못해서 몇 달간 고생한 적도 있었다. 거실 있는 집에 들어가는 것이 평생의 꿈이 될 수도 있는 시절이었다. 친구들의 신혼집 장만과 살림살이들을 채워 넣는 것을 보면 부러울 수밖에 없었다. 더군다나 건축 전공자로서 공간에 대한 애착이 남달랐기에 더 했다. 그런데 내게 열망이 타오르는 것은 결혼이 아니었다. 집도 아니었다. 생활의 편안함도 아니었다. 건축. 건축을 공부하고 싶었다. 미래에 어떠한 성공으로 그려지는 꿈이 아닌 배움에 대한 열정. 그것 하나뿐이었다.

곧 현주의 결혼식이었다. 나의 구미에도 맞게 결혼식은 시카고가 아닌 열정의 나라 멕시코 칸쿤이었다. 현주의 가족들이 한국에서 왔다. 아버지, 어머니, 외할머니. 핵심 멤버들이 왔으니 이제 준비는 되었다. 시카고는 3월에도 겨울이었는데 칸쿤은 여름이라서 좋았다. 현주와 남편될 분은 먼저 떠나고 나는 현정이네 부모님을 모시고 갔다. 결혼식 전날. 현정이네가 있던 리조트에 가서 맛있는 것도 먹고 즐거운 시간을 보냈다. 문제는 술이었다. 무슨 문제였는지 지금은 기억도 나질 않는다. 현주와 준호 씨가 싸웠다. 밤이 늦어서 우리는 숙소로 돌아가야 했는데 준호 씨는 보이질 않고 현주는 울고불고 난리가 났다. 현주네 아버지는 현주를 데리고 가려고 했고, 어머니, 현주, 그리고 나는 어찌할 바를 몰라서 안절부절못하고 있었다. 그러던 중 현정이가 짐을 싸러 방으로 돌아갔다. 순간 우리가 그냥 도망가야 할 것 같은 생각이 들었다. 결혼을 결정하는 것은 순간인 것처럼 보이지만 시간을 두고 생각해 온 결과이다. 여기서 그만 두는 것은 순간적인인 판단일 거라 생각이 들었다. 우리는 도둑들처럼 재

빠르게 움직였다. 현주가 오기 전에 이곳을 떠나야 한다. 아버지를 겨우 끌고 가야 했지만, 우리의 도피는 성공이었다. 숙소로 돌아가서 나와 현주는 잘 잤지만 그 외의 모든 사람들은 밤새 잠 한 숨 못 잤다고 한다.

　결혼식 아침. 신랑, 신부는 결혼하는 사람들의 얼굴은 전혀 아니었지만 어쩔 수 없었다. 가족들이 모여들기 시작했고 일은 계속 진행되고 있었다. 현주는 멕시코식 화장과 헤어 단장을 받고 더 화가 났다. 멕시코에서 결혼식을 하니 당연한 결과이긴 했지만……. 화를 내면서 화장을 지우기 시작했다. 겨우겨우 달래서 다시 스스로 화장을 하고 결혼식에 참여했다. 말 그대로 참여! 주인공은 이미 어젯밤 사라지고 없다. 어두운 표정들의 주인공들과 밝은 표정들의 하객들. 결혼식은 바닷가에서 멀리서보 면 아주 이상적인 로맨틱한 결혼식으로 잘 진행이 되었다. 바닷가에 마련된 테이블에 앉아서 식사하며 즐거운 시간을 보냈다.

　잘했어! 어젯밤 우리는 숙소로 돌아오길 잘한 거야! 나름의 전우애 같은 것을 나눠가지면서 우리 숙소로 돌아왔다. 주희와 싱글답게 낯선 도시를 다니고 펍 같은데도 들어가서 즐거운 뒤풀이를 끝냈다. 한국으로 돌아와서도 가끔 걱정은 되었지만 둘이 알아서 잘살고 있는 것 같았다. 늘 느끼는 거지만 커플들은 보통 알아서 잘한다. 싸울 때는 세상이 다 사라지는 것 같아도 그들의 세상은 다시금 아름답게 돌아오는 것 같다. 혼자인 나에게는 세상이 늘 그대로 보이면 다행이고 아니면 말고. 얼마 전 내 싸이월드 홈페이지 BGM으로 lovely 곡을 해놨더라. 난 lonely로 보고 구매하고 설정했다. 아무리 들어도 음악이 밝은 것 같이 들려서 제목을 다시 확인해 보니 lovely더라. 참네. 내 눈에 필터가 그냥 lonely 인가보다. 어이가 없어서 몇 번을 웃고 다시 들어보고 하다가 그냥 두었다. lovely를 듣다 보면 내 눈도 어느 날 사랑스러운 필터를 가질 수 있을 것 같아서…….

시카고에서의 사진들을 정리했다. 하나씩 사진을 웹사이트 계정에 올리면서 그곳을 되짚어 봤다. 열정의 불씨가 전혀 사그라지지 않았다. 볼수록 내 안에 뜨거운 것이 올라오는 것 같았다. 그래. 꺼뜨리지 말고 지펴보자. 보이지는 않지만 많은 장벽 뒤에 도달할 수 있는 내 꿈이 숨어져 있는 것만 같았다. 눈을 감으면 보이는 것 같았다. 역시 사람은 일의 동기부여가 중요하다.

이전과는 달리 적극적으로 일을 구했다. TOEFL, GRE, Portfolio를 준비해야 했기에 시간 조절이 가능한 과외를 하기 시작했다. 인터넷 강좌를 통해서 영어 공부를 시작했다. 학부 때 했던 나의 작품들과 캄보디아에서 했던 일들의 자료를 모으기 시작했다. 조금씩 내 안의 타오르는 열정의 불씨는 사그라지는 것 같았지만 지속적으로 마음속에 따뜻한 기운이 피어오르는 것을 느꼈다. 이것이 꿈을 실행에 옮기는 첫 단계일까. 마치 꿈과 연인이 되는 것 같았다. 첫 눈맞춤과는 다른 뜨거움. 따뜻함.

내 안에 열정을 품은 만큼 나는 상처를 받았었다. 아무것도 없는 내게 불가능하다는 말들, 허무맹랑하다는 시선들, 인생은 그렇게 마음먹은 대로 흘러가지 않는다는 말들과 함께 세상이 말하는 결혼 적령기의 한 20대 여자에게 세상의 조언들을 쏟아내고 있었다. 나를 걱정하는 듯한 포장지였지만 그 안은 빈 상자에 불과했다. 아니, 보이지 않는 공기 폭탄과도 같이 내 게 쏟아져 내렸다. 하지만 내 안에 꿈의 따뜻함은 그 온기를 유지했다. 사랑하기 위해 상처받는 것처럼……. 더 이상 겉으로 보이는 나는 중요하지 않았다. 내 안에 꿈의 불과 세상의 얼음을 공존시키기로 했다. 때에 따라 내게 일용할 양식이 될 것 같은 불완전한 확신이 생겼다.

바쁘고 즐거운 나날들

　직업은 없지만 매일 바쁘다. 갑작스레 포항에 오게 된 터라 서울에서 맡은 일을 정리할 수 없었다. 가장 중요했던 일은 교회 대학부 리더였다. 토요일은 리더 모임, 일요일은 예배 참여, 소그룹 모임을 해야 했다. 한 팀이 6개월 단위로 구성되어 있어서 중간에 그만두기 힘든 상황이었다. 캄보디아에 있는 기간 때문에 리더 생활을 못 해 본 것이 아쉽기도 했던 터라 우선은 걸쳐두고 급히 포항으로 왔다. 미국까지 다녀와서 다시 한번의 결석도 꿈꾸지 말고 해야 한다. 주중에는 과외 일과 공부를 했고 주말에는 서울에 버스를 타고 매주 다녔다. GRE는 인터넷 강의가 거의 없었을 때라 주말을 이용해서 서울에서 수업을 들으면 되는 이점도 있었기에 주말마다 서울에 가기로 했다. 요즘은 서울-포항 간 거리는 버스로는 3시간 반, 기차로는 2시간 반, 비행기로는 50분이다. 그때는 비행기는 있었지만, 가격이 비싸서 내가 이용하기에는 무리가 있었고, 기차는 ktx가 아닌 새마을호라 5시간 소요되었다. 버스도 5시간 걸리는 거리였다. 평소 멀미가 심해서 버스 타는 것이 가장 힘들었는데, 1년을 어떻게 다녔는지

지금도 이해가 안 된다. 내 마음의 열정의 온기가 하는 일이 아닐까.

리더 생활은 생각보다 쉽지 않았다. 서울을 오가는 것보다도 힘들 때도 있었다. 소그룹 원 한 명, 한 명을 케어해야 하는 데 주중에는 멀리 있으니 한계가 있었다. 일대일로도 만나야 하는데 주말을 이용해야 하니 나의 주말은 하루 24시간 이상이 필요한 지경에 이르렀다. 하지만 해야 했다. 왜? 그냥. 하고 싶었다. 해야 할 것 같았다. 고맙게도 조원들이 나의 시간에 많이 맞추어 주었다. 처음 한두 달은 어색했는데 장미가 필 무렵인 5월엔 다 같이 에버랜드도 놀러 갔다. 참고로 난 무서운 놀이기구를 전혀 타지 못한다. 남들이 즐기는 그 스릴감은 내게는 공포, 그 자체일 뿐이다. 관람차 타는 것만 좋아한다. 천천히 하늘을 돌면서 높은 곳에서 모든 놀이기구와 풍경을 즐길 수 있기 때문이다. 어쩔 수 없이 겨우겨우 탔다. 다음번엔 안 가리라 마음먹었다. 이후 한번 갔을 때 좋아하는 관람차만 탔다.

연애할 시간이 없을 만큼 즐거운 시간을 보냈고, 매일 상담 고민 전화로도 바빴다. 지금 생각해보면 시시콜콜한 얘기들뿐이었지만 그때는 심각했다. 친구, 가족과 다툰 이야기들, 앞으로의 진로 문제, 직장에서의 일들……. 수많은 일들이 매일 사람들을 스치고 간다. 그 안에서 고민하고 괴로워 하는게 인생인 걸까. 그런 것 같다. 오늘도 별 볼일 없는 일들 같아 보이지만 마음을 쏟고 감정을 싣고 살아가기 때문이다.

리더로서의 일 년의 시간은 잘 흘러간 듯했다. 대학부를 떠날 때 졸업식을 하는데 졸업식에서 축하와 감사를 받았다. 아직도 기억나는 한 편지가 있다. 한 살 어린 동생 대현이의 편지이다. 나의 첫 조원 중 한 명이었다. 처음에는 낯도 많이 가리고 매주 나오게 하는 게 쉽지 않았다. 나도 낯 가리고 부끄러움이 많은 터라 조심스레 말을 걸고 연락을 했었다. 그래도 리더임을 매일 다짐하면서 용기를 냈다. 점차 나오는 횟수가 늘고 말도 잘하곤 했었다. 신앙생활에 대한 고민이 많았고, 결혼과 진로 문제로 뒤덮여있던 시기였다. 취직 준비생이었다. 가장 친한 친구의 갑작스러운 결혼과 출산으로 걱정과 부러움을 동시에 가지고 있었다. 나 또한 비슷한 시기를 겪고 있기에 공감이 많이 되었다. 특별히 해줄 수 있는 것은 없었지만 같이 얘기하고 시간을 보낼 수는 있었다. 내가 할 수 있는 최선이었을지도 모른다.

1년 동안 특별히 달라진 건 없었다. 여전히 1년 뒤에도 똑같은 고민을 하고 있었고, 여전히 취직 준비 중이었다. 나 또한 마찬가지였다. 겨우 원서만 낸 상태라 불안한 미래에 대한 두려움으로 가득 찼었다. 남자친구도 없어서 주변의 걱정거리를 더 사기만 했었다. 대현이도 마찬가지였다. 하지만 내가 대학부를 졸업할 때 대현이에게 받은 편지에서는 많은 것들이 달라져 있음을 느낄 수 있었다. 모든 환경과 상황은 같지만 마음의 태도가 달라졌다. 자신을 둘러싸고 있는 환경을 그대로 보는 것보다는 그것을 넘어서 그려지는 꿈을 보는 눈이 생겼다. 그리고 그럴 수 있는 흔들리지 않는 마음의 힘이 생겼다고 했다. 나또한 그를 통해 조원들을 통해서 마음의 힘이 생겼다. 눈에 보이는 증거는 매주 주말마다 서울행을 일 년 동안 해냈다는 것! 그것만으로도 조원들에게 힘이 되었다는 것이 내게 큰 감동으로 몰려왔다. 일 년 동안의 일들과 감사의 내용이 편지지 5장에 걸쳐서 쓰여 있었다. 이전에도 이후에도 그런 편지는 받아보지 못했다. 결단코 내가 한 일은 아니다. 대현이 스스로 가진 힘이 밖으로 나와 보이게 된 것이다. 내게도 인생의 다음 단계로 넘어갈 원동력을 주었다.

참 바쁘게 살았던 한 해였다. 그 어느 해 보다도……. 지금은 모두 추억거리이다. 그때는 계절에 따라 바람에 따라 몰려다녔다. 벚꽃이 필 무렵이면 지리산 근처와 가까운 경주를 여행하고 다녔다. 늘 일은 하고 있었다. 이 시절 '열심히 일한 자! 떠나라!' 카드 광고도 있었다. 그렇게 맘껏 떠나면 안 되는 시기였다. 내게는 유학이라는 목표도 있어서 성적도 시기에 맞추어서 내야 하고 돈도 모아야 하는 때였다. 그러나 내 외향적 성향은 감출 수 없이 자발적으로 일을 만들고 다녔다. 그때 끍적거렸던 일기장 속의 글귀다.

정말 시간을 내 작은 상자 안에 넣어두고 싶은 요즘이다.
하루가 48시간이었으면 정말 행복할 것 같은데…….
그래도 내게 24시간이 있는 건
내가 더 지혜로워지게 하려는 걸까
후회하라는 걸까
늘 후자를 선택하기 쉬운 나이가 되어가고 있지만
그래도 난 오늘도 더 지혜로워지기 위해
시간보다 한 걸음 더 먼저 아니 반걸음이라도 먼저
걸어가려고 노력해야겠다.

모든 생활에 만족하고 있었다. 종종 꿈도 잊었다. 즐거운 매일이 매우 빠르게 지나가고 있었다. 어느 한 여름 지선, 소희와 함께 거제도로 여행을 갔다. 거제도는 아버지의 고향으로 할아버지가 계신 곳이었다. 할아버지 댁에 머물면서 이곳저곳 여행하기로 했다. 차를 한 대 빌리고 길을 나섰다. 여행하기 참 좋은 날씨. 7월이었다. 밖은 덥지만 시원한 에어컨 바람이 있는 차 안에서의 경치 구경은 기가 막혔다. 여름 휴가. 처음 맛본다. 일해야 휴가도 있으니 그간은 휴가라고 할 것도 없었다. 학생 또는 무직 상태였으니……. 저녁때에는 할아버지 댁에 가서 마당에서 고기를 구웠다. 모두 처음 숯불을 피워보는 거라 서툴러서 불길이 제대로 붙지 않았다. 할아버지는 손녀들이 걱정돼서 마당과 주방을 오가면서 저녁 식사할 수 있겠냐며 걱정 반 잔소리 반 하셨다. 결국 할아버지의 도움으로 고기 등등 완성하여서 다 같이 저녁 식사를 했다. 할아버지도 즐거우셨던 모양이다. 이후 지금까지도 그 친구들 잘 지내냐며 안부를 물으신다. 한 명은 결혼하고 애까지 낳았고, 한 명은 아직 결혼하지 않았다는 소식에는 걱정을 더 하면서 말이다.

인생을 살아간다는 것에 대해 생각을 해본다. 태어나서 주어진 환경에 맞춰서 커나가다가 20세를 넘긴 성인이 되어서 내 나름대로 하고 싶은 것도 하면서 현실에 맞춰서 취직하고 결혼도 한다. 우리의 부모님들이 다들 그렇게 살아가셨기에 나도 있고 너도 있다. 그리고 나에게 삶에 대한 조언을 보탠다. 나도 그렇게 살아가라고……. 그게 인생이라고 말이다. 그런데 어른들이 말하는 시기 적절하게 취직, 결혼하는 것이 절대 평범하지 않다. 나와 내 친구들도 고민한다. 흔히들 말하는 것처럼 되는 사람들도 많지만 그렇지 않은 경우도 많다. 이유가 있다고는 하지만 잘 모르겠다. 여전히 어떤 남자를 만나야 할지도 모르겠고, 어디에 취직해야 하는지도 잘 모르겠다. 심지어 취직하기도 힘든 시기였다. 이전에는 몰랐던 삶이다. 나의 선택과는 달리 흘러가는 것도 많다. 취직도 회사에서 나를 불러줘야 하고 배우자도 서로의 선택이 있어야 하기에 어렵다. 시기를 놓치면 어느 부분에서도 하자가 있어 보이지만 실제로는 그렇지 않다. 수많은 인생의 길 위에서 매일 서투르게 무언가를 선택해 나가고 있었다.

답도 모르겠고 앞도 보이지 않는다. 그래서 나는 나 자신을 들여다보기로 했다. 내가 언제 기쁜지, 슬픈지, 행복한지, 괴로운지, 어디에 가고 싶으며, 무엇을 느끼고 싶은지 살펴보기로 했다. 한 번에 다 알아챌 수는 없었다. 일단 하나를 선택하기로 했다. 세상의 울타리가 되어주시는 부모님, 안전한 생활터를 떠나 얼마나 자유롭게 날 수 있는지를 시험해 보고 싶었다. 학창시절 공부를 잘하지도 못하지도 않았지만, 이제는 잘 할 수 있는지도 시험해보고 싶었다. 때로는 미디어나 책에 나오는 사람처럼 될 수 있는지도 궁금했다. 욕심이 과하지만 우선 시도해보기로 했다. 생활의 기쁨으로 여러 차례 현실에 안주하고 싶었지만, 꾹꾹 마음 깊숙이 눌러 담았다. 가슴이 간질간질해지기 시작했다. 마음 속에 무언가가 꿈틀거리며 날개를 퍼덕이기 시작했다.

TOEFL과 GRE

인생은 절대 나를 있는 그대로 내버려 두지 않는다. 연이은 토플시험. 회당 20만 원 정도의 부담스러운 가격이라서 손 떨면서 신청을 하고 시험을 본다. 합격선은 80점. 120점 만점의 시험에 읽기, 말하기, 듣기, 쓰기 네 가지 영역이 있다. 영어시험 중 가장 고난이도인 것 같다. 중, 고등학교 때부터 영어권 나라에서 교육을 받은 친구들은 거뜬히 110점 이상 받는다. 외국이라곤 캄보디아에서 살아본 적밖에 없고, 영어 몇 마디쓰고 대부분 캄보디아어로 살았다. 어려울 수밖에 없었다. 읽기, 듣기는 강의 내용을 듣고, 읽고, 답하는 식의 문제들이었다. 여러 분야의 내용의 강의이다. 미국 대학원 가서 수업을 들을 수 있을지 테스트하는 것이다. 물론 막상 미국에 가서 수업을 들으면 몇 시간이라 테스트로 수업 들을 능력을 검증할 수 있을지는 모르겠지만……. 우선 시험부터 통과해야했다.

포항에서는 시험장이 없었고 경주에 한 대학교에서 두 달에 한 번 시험이 있었다. 총 세 번. 그나마 한 번은 지각해서 아예 고사장에 들어가지도 못했다. 겨우겨우 커트라인 80점을 획득하고 남은 GRE 시험을 바라봤다. 한국에서는 연간 2번뿐이었다. 시간이 맞질 않아서 가까운 일본을 찾아봤다. 한 달에 한두 번 시험이 있는 나라들이 있었다. 사실 여행 가고 싶은 나라들을 뒤졌다. 가까운 곳 중에 일본은 이전에도 가본 적이 있지만 또 여행 가고 싶을 만큼 재밌는 나라였다. 선택 완료. 가자! 일본으로!

여행을 가기 위해 아니 시험을 보기 위해 일본 일정을 정해야 했다. 여행은 어디를 가느냐보다 누구와 가는 것이 더 중요하다는 말이 있다. 어디를 가는지 정했으니 누구와 갈지를 정해야 했다. 대학 동기이자 고향 후배 무니를 설득했다. 함께 건축한 친구라서 쉽게 허락을 받았다. 보통의 건축 전공자들은 흔히 말하는 역마살이란 게 있다. 어짜나 다니고 구경하는 것을 좋아하는지……. 함께 여행을 가더라도 한 도시 내에 있더라도 보고 느끼는 것이 다르다. 건물과 길들이 우리에게 말을 걸어온다고 해야 할까. 암튼 그런 게 있다. 특히 무니는 일본의 아기자기한 물품들의 마니아기 때문에 더욱이 거절할 이유가 없었다. 항공권 구매 완료! 호텔 예약 완료! 여행 일정은 무니가 완료! 모든 것이 완벽했다. 나의 휴가를 위한!

단 하나, GRE 준비는 잘 모르겠다. 영어, 수학. 두 과목인데 영 잘 모르겠다. 영어 과목도 일반 영어시험이랑 달리 사전 구석구석을 살피고 외워야 했다. 난생처음과는 단어들이 수두룩한데 동의어, 반의어까지 알아야 한다. 우선 단어에서 막히니 문장들과 글에 대한 문제는 지금은 기억도 나지 않는다. 수학은 쉬웠다. 그런데 지문이 무엇을 이야기하고 있는지 모두 영어로 설명되어 있어서 그것만 파악을 잘하면 된다. 나름대로 집에서 인터넷 강의를 들으면서 하는데 무엇을 하는지 통 모르긴 했다. 일본을 가는 날. 책을 바리바리 챙겼다. 공부 못하는 애들이 가방은 무겁다는데 내 가방이 꼭 그러했다. 공부란 걸 좀 해봐서 느낀 건데 시험 준비가 잘 되어갈수록 공부할 양이 줄어든다. 나름의 요약본도 생기고 버릴 건 과감히 버릴 줄 알게 된다. 인생이란 여행에서도 그럴까?

20세가 넘어서 이곳저곳 1~2년 주기로 옮겨 다니면서 살았다. 이사를 갈 때마다 짐은 늘어나고 혼자서 옮길 수 없는 수준이 되었다. 3년 전 우리 집에 불이 나기 전까지는 나의 소유물들은 불필요하게 많았던 것 같다. 캄보디아를 갈 때도 여분의 짐을 4박스나 지인을 통해 배편으로 보내었다. 고작 1년 살 곳에…‥. 미국에 갈 때는 괜찮은 듯 했으나 한국으로 돌아올 때는 장난 아니었다. 엄마까지 동원해서 최대 수화물을 싣고 타던 차를 배로 실어오는 편을 이용해 차 가득 짐을 실어서 왔다. 많은 짐 때문에 힘들어하고 고생했으면서도 고치지 못했다. 3년 전 집에 불이 났다. 활활 타올랐다. 다행히 인명 피해는 없었지만 내 물건들은 타서 사라졌다. 그동안 지켜왔던 것들. 미국에서 들어오면서 애지중지 싸돌고 왔던 물건들이 사라지고 없다. 불이 난 후 정리를 하면서 나의 소유물들을 떠올려봤다. 잘 생각이 나지 않는다. 당장 없으면 안 될 것 같던 물건들이었는데, 이상하게도 생각이 나질 않았다. 모든 것이 정리되고 집으로 돌아왔을 때 새로이 산 물건이 없다. 분명 물건이 없어졌는데 필요한 것이 없었다. 아직도 예전처럼 짐이 조금씩 늘고 있었지만, 다행히 많이 늘진 않았다.

시험 준비가 다 되든 안 되든 정해진 날짜가 성큼 다가왔다. 책 외에 여행에 필요한 옷가지들과 물건들을 대충 트렁크에 넣고 출발했다. 짐을 많이 챙기는 버릇이 있는 터라 생각하기 시작하면 한도 끝도 없이 해서 머리가 아플 지경이라 그만두기로 했다. 믿음직한 동생 무늬가 있어서 최소한 가서 어떻게 놀지는 고민을 하지 않아도 된다는 생각에 시험에 집중할 수 있었다. 목표를 세우면 꼭 해내려고 노력하지만 과정은 늘 어렵다. 시험을 잘 치러야 하는 목표가 있었지만 틈틈이 시험을 구실로 여행을 가겠노라 곁눈질 하였다. 곁길로 자주 새기도 했지만, 정해진 시간에 따라 유학 준비과정은 흘러갔다.

일본 도착. 다음날 시험. 무늬에게 자유시간을 주고 나는 한 자라도 더 외워보자는 애절한 마음을 담아 하루를 꼬박 집중했다. 시험 전날이 아닌 몇 달 동안 하면 좋았겠지만⋯⋯. 시험을 봤다. 그냥 봤다. 하하하. 놀자!

무늬는 계획의 신이다. 아침에 눈을 떠서 밤에 눈을 감을 때까지 시간마다 완벽한 스케줄을 세워놓았다. 취향도 잘 맞아서 도쿄의 이곳저곳을 잘 누비고 다녔다. 다행히 언니 예우를 잘 해줘서 이것저것 시킨 것도 많지만 즐거운 여행이 되었으리라고 혼자 지금까지 믿어본다. 일본에는 유명한 건축가들이 많다. 그에 따른 건축물도 당연히 많다. 토지 면적이 좁고 서울과 비슷한 생활 방식이라 우리가 보고 배워야 할 콤팩트 하면서도 독특하고 실용적인 설계, 디자인이 많았다. 처음 일본을 왔을 때는 4학년이 되기 전 겨울방학에 학교 동기들과 왔었다. 열 명 정도. 대부분 남자 선배들과 여자들은 동갑 또는 두 명의 동생이었다. 그래서 남자 선배들의 인솔에 따라서 2주간 움직였다. 빡빡한 부분도 있었지만 그만큼 알차게 다녔다. 건축학도로서 배우고 경험해야 할 것들을 많이 했다. 정해진 동선 외에 잠시 멈추며 다른 것도 구경하고 싶었지만 하지 못했다. 이번 여행을 통해 둘이서 맘껏 해보았다. 매 끼니 맛집 투어는 물론이며 젊은이들이 많이 가는 거리에 가서 조그만 고양이들 소품들도 사고 쏘다녔다. 도쿄의 밤거리. 편의점 도시락조차 소중하고 맛있었다. 그간의 시험 스트레스를 날려버리고, 무늬는 직장 생활의 스트레스를 날려버렸다. 아직도 함께 줄 서서 기다리다 먹었던 스시집의 초밥들의 맛을 잊지 못한다.

다시 일상. GRE는 남자 평균 신발 사이즈가 나왔다. 보통 로스쿨 입학자격을 600점 정도 나온다고 하면 내 점수가 어느 정도인지 감을 잡을 것이다. 부끄러워서 그 당시에는 이야기하지도 못했다. 어찌 되었든 다시 일본을 갈 수도 없고 원서를 낼 수 있는 기한이 있기에 그대로 사용해야 했다. 그나마 포트폴리오는 맘에 들게 완성이 되었다. 미국 대학원의 원서는 한국의 것과 다르다. 내가 공부하고 싶은 학풍의 학교를 찾아 그에 맞는 지원동기의 에세이와 경력들을 준비한다. 한국에서도 그렇다고는 하지만 얘기를 들어보니 아는 교수님, 또는 정량화도 시험 성적으로 가는 것 같았다. 시험성적은 학교에서 요구하는 커트라인만 넘으면 다른 요소들을 살펴봐 준다. 캄보디아에서 해외 봉사활동이 좋은 이력이 되었다. 갈 때는 그러한 생각이 전혀 없었고 돌아와서도 남들보다 2~3년 늦은 나이에 사회에 나가려니 문턱이 더 높아진다 했다. 하지만 그것은 사회에 불필요하게 뒤섞여있는 편견일 뿐이었다. 성인이 되어 주도적인 활동에 좋은 점수를 주는 듯해 보였고, 박차를 가해 여러 학교에 원서를 낼 수 있게 되었기 때문이다. 추천서도 3장이나 요구해서 캄보디아에서 나의 디렉터, 김민성 선교사님과 학부 때 교수님 두 분께 부탁드렸다. 처음에는 말 꺼내기도 부끄러워했는데, 추천서 때문에 여러 차례 교수님의 사무실에 방문해 면담했다. 내가 흐릿하게 그려보는 미래를 살아보신 터라 시시콜콜한 미국 생활의 팁과 함께 응원을 해주셨다. 그리고 꼭 잘생기고 괜찮은 마이클이나 톰이라도 나타나면 만나서 결혼을 하라고 당부하셨다. 한국인이 아닌 외국인을 의미하는 말이었다. 학업 중에는 계속 눈이 높아지거나 남자들이 사라지는 것을 볼 거라며 아버지와 같은 조언도 아끼지 않으셨다.

부모님도 걱정하셨다. 학업 따위는 전혀 걱정거리는 아니었고 누구를 만나느냐가 최고의 걱정거리였다. 나 역시 걱정이 되었다. 앞으로의 배우자도 중요하지만 만나겠지만 교수님들, 학교 친구들 등 미국에서 만나게 될 사람들에 대한 기대감과 두려움이 동시에 있었다. 공부는 열심히 노력하면 원하는 결과를 낼 수 있는 몇 안 되는 일 중 하나이다. 인간 관계는 인복이라고 하는 범주에 속하는 것 같기도 하고, 자신이 어떤 사람이냐에 따라 곁에 있을 사람이 정해지는 것 같기도 하다. 지금까지 큰 탈 없이 잘 지내왔지만, 앞으로는 또 어떻게 될지…… 어쩌면 나의 일과 학업보다도 사람들에 의해서 좋은 영향이든 나쁜 영향이든 받을 수 있을 것 같다. 이것을 날아가는 게 나이가 들어가고 있다는 증거일 수도 있다는 것을 느낀다. 대학생 시절까지는 삶에서 다른 사람이 끼치는 영향이 미미했었고 아직은 온실 속 화초, 세상의 어떤 풍파도 나의 가족, 부모님이 나를 보이지 않게 지켜주고 있었다. 비행기 타고서도 13시간 거리의 미국에 가려고 생각하니 여러 가지 걱정들이 안개처럼 나와 가족들을 둘러쌌다.

일리노이 주립 대학원 건축과 합격

어느 날 날아온 편지 한 통. 국제우편이다. 한국은 합격자 발표는 각 학교 홈페이지에서 하면 된다. 미국의 학교들은 합격통지서를 우편으로 발송해 준다. 학교 이름이 적혀진 봉투를 설레는 마음 반, 두려운 마음 반으로 열었다. 합격이다. 구구절절이 한 페이지를 채운 내용은 '귀하의 합격을 축하하며'로 시작하여 즐거운 내용이다. 이 후 몇 차례의 우편이 도착했지만 예의 가득한 거절의 편지였다. 고민할 것도 없이 학교가 정해졌다. 일리노이 주립대학. 시카고에 위치한다. 시카고에 두 차례 갔었지만 일리노이 주립대학교는 가본 적이 없었다. 생각도 못 했는데 시카고에 사는 현주의 추천으로 원서를 내었다. 이 학교만 합격할 줄이야! 미국에 가면 태평양 위에 혼자 떠 있는 느낌일 텐데 친한 친구 하나 있는 곳에 가면 좋을 것 같았다.

대학 입학 시에 대학 합격증은 그다지 기분 좋지 않았다. 원하는 대학은 아니었는데, 성적에 맞추고 논술, 면접을 보지 않고 갈 수 있는 대학에 원서를 내었기 때문이다. 어차피 원하던 대학은 내 성적으로 갈 수 없는 것을 알았다. 참

바보 같고 무지한 20살이었다. 물론 나만의 탓은 아닌 것 같다. 이런 무지한 학생들을 도와주라고 고교 담임 선생님이 있는 거 아닌가? 당시 담임 선생님은 내가 지원하려는 학교보다 더 좋지 않은 곳을 추천하셨다. 싫으면 하고 싶은 대로 하라는 담임 선생님의 말에 원서는 내가 알아서 썼다. 글쓰기에 자신이 없어서 논술을 포기했고, 면접은 부끄러워서 포기했다. 철부지 혼자서 수능 점수만 반영하는 학교를 겨우 찾아 지원했다. 누가 그렇게 중요한 대학교 원서를 그렇게 내냐고 한탄을 하면서 이야기하지만 수능공부만 하다가 처음 세상에 발을 하나 내밀던 나에게는 나름 큰 고심 끝에 내가 할 수 있는 최선을 다한 것이다. '재수는 없다'라는 말을 고교3년 내내 들었다. 재수해서 친구들보다 일년 늦게 학교에 가면 큰일 나는 줄 알았다. 원서 한 장으로 대학에 입학해서 졸업까지 했다. 진로에 대해 생각해본 적이 별로 없어서 학부생활 중에 건축과로 전과를 하였다. 내 생애 처음 하고 싶은 일을 스스로 찾았다. 그간의 중, 고교 과정에 대한 불만을 토로하면서 미국 대학원에 유학을 가는 문 앞에 섰다.

지방의 10대에게 주어진 건 학교, 친구들, 미디어 매체뿐이다. 학교 선생님들은 경쟁이라도 하는 듯 무조건 서울대를 외쳐댔고, 학교를 들어서면 '극기 고교 3년이 평생을 좌우한다.'라고 쓰여 있다. 3년을 매일 주입하고 살았다. 뇌가 가장 성장할 수 있는 나이에 세상의 틀을 주입받았다. 비평준화 지역으로 각 중학교에서 공부하는 아이들이 시험을 보고 수능보다 더 어려운 경쟁을 뚫고 당당히 들어왔다. 입학 후 한 달이 채 되지 않아서 대부분 좌절에 휩싸였다. 이런 아이들을 모아놓고서도 선생님들은 성적으로 줄 세우기를 했다. 고등학교 3학년 때는 전교 1등부터 꼴찌까지 순서대로 도서관 내 자리를 지정해서 앉혔다. 다음 모의고사를 치르면 변경된 등수에 따라서 자리이동을 했다. 아침 7시부터 자정까지 학교에 있었다. 수능 과목 외에 다른 과목은 기억이 나질 않는다.

우리 학교는 시설이 좋고 교정이 예뻤다. 날씨가 좋은 날은 교실 옆 잔디밭에 나가 뛰어놀았다. 낙엽을 보고도 웃을 줄 아는 나이였으니 낭만은 늘 함께했다. 하지만 10대처럼 놀 때마다 선생님들께 불려가서 혼났다. 선생님들의 목표는 한 가지였다. 서울대 입학 인원수, 전국 고교 등수, 이 두 가지를 최상으로 만드는 것이었다. 낭만적이고 생각이 많던 나 같은 학생들은 뒤쳐질 수밖에 없었다. 아침밥을 먹기 위해서 지각을 했다. 부족한 잠과 휴식을 위해 일요일에는 학교에 가질 않았다. 그래서 내 생활 기록부에는 지각한 벌로 매일 했던 화장실 청소와 한 번이라도 벌을 줄여보고자 애교를 부린 것이 '적극적이고 애교가 많다'로 둔갑하여있었다. 3학년 때는 일요일에 의무 자율 학습이 있었는데 거의 가지 않았던 터라 '신앙심이 깊다'로 기록되어있었다. 그래서 난 수능 성적만으로 갈 수 있는 학교를 찾아야 했다. 상위권 중의 상위권 학생들 외에는 문제아 취급했던 선생님들 틈에서 내가 할 수 있는 것은 별로 없었다. 벗어나는 수밖에……

다행히 멀리 벗어날 수 있었다. 원망하지는 않는다. 힘들었던 만큼 학교에서 열외였던 나의 친구들과 함께 지금은 추억이라고 회상할 수 있는 시간을 보냈다. 그 추억으로 지금까지 삶을 함께 잘 버텨나가고 있다. 가장 안타까운 것 중 하나는 자신이 누구인지, 무엇이 되고 싶은지에 대한 성찰이 부족했던 것이다. 중학교 때 최상위권이었던 친구들은 고등학교에 와서 처음 받은 성적표에 적잖게 놀랐다. 더이상 상위권이 아니었기 때문이다. 어떤 친구들은 고교 3년 내내 학교에 적응이 안되기도 했다. 한편으로는 1학년때 거세를 당한듯 공부는 적성에 맞지 않는다며 제대로 공부를 시작하지도 않고 포기해버렸다. 공개되는 성적에 부끄러움을 감추기 바빴으며, 선생님들의 말도 안 되는 학벌 최고주의의 철학에 맞추어 살아야 하는지 고민을 하기에 바빴다 정말 고교 3년이 인생을 좌우할까? 대학에만 가면 모든 일이 풀릴까?

말도 안 된다고 생각했지만 어쩔 수 없었다. 교과서 외에는 아직 아무것도 모르는 10대였다. 어느 날 텔레비전에서 '러브하우스'를 보았다. 주거 환경이 열악한 사람들에게 인테리어를 무상으로 해주는 프로그램이었다. 어떤 직업이든 사람들의 편의와 행복을 위해 살고 싶었던 터라 매우 흥미롭게 보았다. 주거학과 전공으로 대학에 진학하게 되었다. 이렇게 나의 인생의 직업이 될 지도 모르는 일을 무지함 속에 한가지의 정보로 시작하게 되었다. 학교에 가서 미술을 전공하지 않는 나는 힘든 과정을 겪어야 한다는 것과 인테리어보다는 건축 설계가 적성에 더 맞고 전망이 있다는 것을 깨달았다. 2학년 건축공학과 학생으로 새로운 전공을 시작했다. 이렇듯 경험으로 하나씩 찾아갔다. 직접 쇼핑을 하러 가서 옷을 고르고 하나씩 입어보면서 고심 끝에 옷 하나를 골랐다. 건축공학과. 그것이 나의 두 번째 꿈의 옷 한 벌이다.

다행히도 고교 3년은 나의 대학 생활을 2년도 채 결정지어 주지 못했다. 고등학교 시절에 알았더라면 20세에 대학에 가지 않고 세계 여행을 혼자 떠났을 것이다. 모든 사람이 대학교에 간다고 생각하지 않는다. 결단코 대학은 인생을 결정해 주지 않고 꿈을 선물해 주지 않는다. 내가 누구인가. 나는 무엇을 할 때 행복하고 열정을 다할 수 있는가. 삶의 원동력은 무엇인가. 사랑하고 있는가. 무수한 질문들이 나의 발 앞에 놓여있다. 어느 대학을 가고 어느 직장을 다니는 가는 나의 평생의 삶 앞에서 절대 중요한 답을 내어놓지 못한다. 하지만 위의 질문들에 대한 답이 있다면 인생을 행복하게 살 수 있을 것이다. 삶의 도처에 불행의 요소들이 숨겨져 있고 내가 걸어가는 길 위에 넘어질 만한 돌부리로만 가득할 때도 많다. 4년이면 대학 생활을 끝나고 어떤 회사를 다닌다하더라도 평생 나에게 월급을 주고 보호해 주는 곳은 어디도 없다. 스스로에게 걸맞은 꿈의 옷들과 삶에 대한 질문의 답이 있다면 어떠한 풍랑에도 일어설 힘이 있고 견딜 수 있는 힘이 있을 것이다.

29살. 이제껏 고민하던 질문들의 답을 찾으러 떠나려는데, 10년 빨랐으면 참좋았을 것 같다. 마음과 달리 몸은 나이가 들고 있고 장학금의 나이 제한도 있어서 현실적인 문제에 많이 부딪혔기 때문이다. 어느덧 친구들은 하나둘씩 결혼을 하고 아이도 하나씩 태어나고 있었다. 결혼하면 생기는 집이 부러웠다. 혼자였을 때보다 안정감이 있어 보였다. 인생의 여러 질문이 사라지는 듯했다. 결혼, 가족에 대한 마침표는 찍었다. 이상하게도 나는 누구인가 무엇을 행복해야 하는 질문들에도 답이 없는 채 마침표가 찍어 내려져 갔다. 그래서 더욱 안정감이 보인 듯도 했다. 그런 친구들에게는 내가 찾는 답의 범위 외에서 답변들이 쏟아져 나오기도 했다. 나 이외의 것. 나를 대신할 수 있는 가족이 답을 채워나가고 있었다. 인생의 새로운 영역을 시작했다. 내가 상상할 수 없는 범주의 것.

복잡 미묘한 감정을 안고 가기 전까지 한동안 'I can do both!'라고 새겨진 티셔츠를 줄곧 입었다. 학업, 결혼 둘 다 성공적으로 해 보이리라고 나도 모르게 다짐한 듯했다. 학업적 성취만큼이나 좋은 사람을 만나서 결혼을 하고 부모님께 효도하고 싶은 마음이 컸다. 하지만 곧 깨달았다. 좋은 사람을 만나고 싶지만 결혼은 부모님께 효도한다는 목적이었다. 그렇다면 나는 나의 꿈을 좀 더써내려 가봐야 한다. 적극적으로. 내 안에 있는 답은 여전히 건축을 공부하는 것이었고 그 분야의 전문가가 되는 것이었다. 사실 더 근원적으로 공부를 하고 싶었다. 더 큰 무대에서 영어로 토론도 하고 과제 발표도 하면서 그 생활을 즐기고 싶었다. 석, 박사 성취가 나의 행복의 목적과 도구는 아니었다. 공부 그 자체로 행복할 수 있을 것 같았다. 그러므로 난 미국에 건축 대학원 입학하기에 준비가 되었다. 브라보! 일리노이 주립대학원 건축과 합격을 축하해!

작별의 시간

    2010년 7월 15일. 미국 시카고로 출국할 때까지 약 반년 정도의 시간을 보냈다. 떠나기 직전이 작별의 때가 될 수도 있지만 내가 사랑하는 모든 사람과 함께 할 시간을 찾다 보니 시간이 꽤 걸렸다. 그렇다. 나는 욕심이 많다. 이루고자 하는 일, 사랑하는 사람들, 둘 다 어느 것 하나도 소홀히 하고 싶지 않다. 영영 한국을 떠라는 것은 아니지만 나를 둘러싸고 있는 사람들과 함께 하는 시간에 집중하려고 했다. 하던 과외도 정리 하면서 틈틈이 친구들과 시간을 보냈다.

    경주 도투락 월드를 아시나요? 90년대 서울 지역 쪽 중, 고생들의 수학여행지였을 것이다. 우리는 소풍으로 자주 가던 곳이다. 지금은 경주월드로 명칭이 바뀌고 새로운 놀이기구도 더 들어와서 이전과는 다르다. 워터파크도 생겨서 규모가 꽤 커졌다. 하지만 여전히 우리의 입에는 '도투락 월드'가 제격이다.

설 명절 즈음에 각 지에서 내려온 동네 동생들과 모였다. 우연히 어렸을 적 소풍가던 때를 떠올리며 '내일 도투락월드 콜?!'을 누군가 외쳤다. 다음날 다 같이 모여 출발! 꼭 자유이용권 팔찌를 뽐내며 도투락월드를 누비리라! 평일 낮이라 사람이 별로 없었다. 놀이공원 전체가 우리를 위해 돌아가고 있는 듯했다. 예전의 추억들이 소환되며 놀이기구를 하나씩 타기 시작했다. 새로 생긴 고난도의 놀이기구들은 타지 못했다. 작년에 에버랜드의 고통이 아직 잊히지 않은 터라 대관람차로 향했다. 역시나 아무도 가려 하지 않아 겨우 성욱이만 설득해서 같이 갔다. 다 큰 어른만 타는 것은 우리뿐이었지만 신났다. 몸은 자꾸 커지지만, 마음만은 어떨 때 보면 어렸을 적 그대로 인 것 같다. 내려와서 다 같이 열차도 타고 귀신의 집도 들어갔다. 어렸을 땐 너무 무서웠는데 이젠 왜 이렇게 깜깜하냐며 보이지 않아서 못 가겠다며 시시해 하며 출구로 나왔다. 무섭지 않은 것들도 많이 생기고 세월의 흐름을 느낀다. 그래도 함께 모인 우리는 한마음으로 한 시절을 함께 보낸 추억들로 똘똘 뭉쳐 있었다. 지금은 각자의 생활터전에서 한 집의 가장이 되고, 아내가 되어 바쁘게 살아가고 있지만 어느 날 문득 서로의 묶인 마음을 떠올리며 잘 살아가고 있을 거다. 이들 중 제일 큰 누나, 언니였지만 마음만은 가장 동생이었던 것 같다. 29살의 나이에 홀연히 모든 것을 정리하고 미국으로 떠난다는 내가 어른일리는 없다. 하지만 함께 한 시간으로 삶이 뒤엉켜진 우리는 어느새 가족이 되었고 누구의 기쁨에도 자신의 기쁨처럼 기뻐할 줄 알았다. 또한 누구의 슬픔에도 자신의 슬픔처럼 슬퍼하고 도울 줄 알았다. 그 누구보다도 먼 땅에서 그리워하게 될 것 같다.

유학 준비 4인방이었다. 함께 서울에서 토플, GRE를 준비하면서 각자의 꿈을 꾸며 함께 했다. 모두 영어 앞에서 한 없이 작아지는 사람들. 함께 모여 서로의 신세를 한탄하기도 하고 '영차영차' 힘을 북돋아 주기도 했던 친구들. 준호는 돌연 유학 준비를 접고 장신대 대학원 준비를 들어갔다. 승욱이는 나보다도 한 해 먼저 입학 허가를 받고 미국에 갔었다. 그리고 성훈이도 나보다 한 해 먼저 입학허가서를 받고 한국을 떠났다.

미국의 대 방학 시즌 5월이 되었다. 승욱이는 방학에 맞춰서 한국으로 들어왔고 나의 합격 소식에 성훈이와 포항으로 여행 왔다. 웰컴 투 포항! 서울에서만 보다가 포항에서 보니 색달랐다. 나의 친 동생같은 소영이와 함께 픽업을 나갔다. 나의 모든 순간을 함께 하고 싶다고 할까. 그리고 성훈이가 피아노 전공인데 그것과 상관없이 진짜 재미있는 친구라 함께 하면서 웃고 싶었다. 지금 이 글을 쓰면서도 입가에 미소가 돈다. 맛있는 음식을 보면 군침이 도는 것처럼.

포항의 대표 명소. 호미곶을 갔다. 승욱이는 사진 찍는 것을 좋아해서 덕분에 사진도 많이 찍었다. 그리고 북부 해수욕장(지금은 영일대 해수욕장이다.)을 갔다. 주로 바닷길 투어. 나는 성훈이의 연주를 좋아한다. 클라리넷도 잘하는데 생각나서 가져와달라고 요청했다. 역시 성훈이는 착하다. 북부 해수욕장에 앉아서 감성팔이를 시작했다. 연주를 들려달라고 한두 번 요청하니 못이기는 척 쉽게 연주를 시작한다. 바닷소리와 클라리넷 연주! 아⋯⋯. 한동안 말없이 음악을 즐겼다. 종일 깔깔깔 거리면서 돌아다녔다. 저녁때 맛있는 걸 꼭 사주고 싶다며 부모님과 함께 저녁식사를 했다. 역시나 아버지는 먼저 미국으로 떠난 승욱이에게 나에 대한 고민을 털어놓으셨다. 당연히 주제는 결혼이다. 이 나이에 나가서 공부를 시작하면 언제 결혼은 할 수 있겠냐며 걱정이 태산이다. 다행히 입학하게 될 학교가 좋다는 소리를 주변에서 들어서 진로에 대해서는 걱정을 더신 모양이다. 먼저 가 경험하는 승욱이는 유학생들이 남자가 많아서 전혀 걱정하실 것 없다고 했다. 아버지의 표정은 여전히 변함이 없었고 몇 분간의 침묵이 흘렀다. 미국행을 앞둔 시기에 소영이는 중국에 가서 카페 사업을 하려고 준비 중이었다. 소영이와 친자매처럼 지내기에 아버지가 입을 여셨다. 소영이 아버지와 함께 도와줄테니 포항에서 카페를 시작해보라고 하셨다. 아버지 두 분 다 곱게 키운 딸들을 외국에 보내고 싶지 않으셨나보다.

파격 제안이었다. 그동안 자금이 없어서 낑낑거리던 터라 눈이 번쩍 뜨이는 말이었다.

하지만 나는 이 안전한 울타리를 벗어나고 싶었다. 부모님의 터전, 따뜻한 집, 나는 내 밥벌이 정도만 해도 편안하고 행복하게 살 수 있는 환경이었다. 나는 어느덧 열정이 넘치는 20대가 아니라 삶의 안정을 이루어 권태에 젖어든 50대와도 같이 되었다. 하고 싶은 일이 눈앞에 다가왔지만, 자리를 털고 일어나기에 내 몸과 환경이 무거워져 있었다. 지금 일어나서 떠나면 나는 여행용 캐리어 2개에 나의 짐을 축약해서 실어 담고 떠나야 할 것이다. 혈혈단신으로 미국에 첫발을 내디딜 것이다. 더 이상 내가 누울 따뜻한 집도 방 한 칸도 내 것은 없을 것이다. 이러한 생각이 들 때면 더욱 떠나고 싶지 않았고, 작별의 기간이라고 각지의 친구들과 모임을 갖다 보니 더욱더 한국에서의 나의 따뜻한 인연들이 그리워져 가고 있었다. 나를 둘러싼 안전망들이 너무 편하고 좋은 시기였다. 하루를 더 이상 빡빡하게 살지 않아도 되었고 여유롭게 적당한 일을 하고 남은 시간에 친구들을 만나거나 취미생활을 하면 되었다. 합격 통지서를 받아 기뻤지만, 둘러싼 모든 것들이 편안하게 해주는 환경도 떠나고 싶지 않았다. 욕심 많이 부리지 않고 주어진 현실에 만족하며 행복하게 살 수 있을 수도 있다는 생각이 들었다.

미래를 생각하면 아직은 차갑고 황량한 느낌이었다. 물론 꿈에 대한 기대감도 있지만 당장 내가 부딪혀야 하는 현실적 문제들로 고민이 많이 되었다. 어느덧 나의 안락함이 나의 꿈을 먹어버리고 있음을 깨달았다. 평화롭게 둘러싼 울타리를 벗어나려고 다시 굳게 마음먹었다. 안락함보다는 마음의 열정을 쫓아 살아갈 때 행복감을 더 느낀다.

편안한 생활도 좋아한다. 하지만 그 안에 그 무엇인가에 대한 열정과 꿈이 없을 때 힘들어한다. 내가 행복할 때 나의 주변의 모든 이들을 더 잘 챙길 수 있고, 더 나아가 그들을 행복하게 할 수 있다. 마침 항공사 마일리지가 있어서 7월 둘째 주에 마일리지 항공권 편도로 예약을 했다. 아직은 대기 상태였지만 아마 기다리면 확약이 될 것이다. 왜냐면 나는 시카고로 가야 하니까.

7월 8일이다. 항공사로부터 15일로 예약 확약 전화를 받았다. 이제 진짜 떠나는구나. 출국 준비를 시작했다. 필요한 물건들을 고르기도 쉽지 않았다. 욕심이 많은 것인지 정리가 안 되는 것인지 구분이 되지 않지만 어쨌든 짐을 싸야한다. 그리고 마음의 짐도 정리해야 한다. 편하고 싶은 마음들, 떠나고 싶지 않은 마음들을 내려놓아야 한다.

출국 전날. 갑작스레 울리는 집 벨 소리에 밖으로 나가보았다. 내 가족과도 같은 분들이 집 앞에 계셨다. 옆집 지혜네와 소영이네. 내가 태어나서 지금까지 함께 해온 사람들. 내게는 가족이나 다름없다. 서로가 서로의 가족이다. 캄캄한 밤에 집 앞 공원에 모여 앉아서 기념사진을 찍고 케이크를 나누어 먹었다. 평소 공기처럼 함께 지냈는데, 이렇게 모이니 내가 큰 결정을 하긴 했나 보다. 나의 결정을 축복해주고 나를 안아준다. 어떠한 결정에도 나를 지지하는 분들이 있기에 나는 이렇게 사람들을 사랑할 줄 아는 사람이 된 것 같다. 그리고 어떠한 상황에서도 나를 포기하지 않을 수 있는 원동력이다. 미국에 가면 나의 힘의 원천들이 고스란히 빛을 발할 것이라는 기대감으로 가득 찬 밤이었다. 하늘을 올려다보았다. 서울에는 보이지 않는 별들이 보인다. 별 하나에 추억과 별 하나에 사랑과 별 하나에 가족들……. 아직 다 못 헤었지만 멀리 시카고에 가서 남은 별들을 세어보면서 별 하나에 아름다운 말 한마디씩 내가 좋아하는 윤동주 시인처럼 불러보리라.

꿈을 꾸기에 쉽지 않은 사람일 수도 있다. 이렇게 사람들을 좋아하고 잡다한 생각들로 머릿속이 가득할 때가 많다. 어느 자기계발서에 보아도 꿈을 이룬 사람들은 뚜렷한 목표 지향형이다. 하지만 나는 그렇지 않다. 가는 길에 하늘도 한번 쳐다봐야 하고 가에 핀 꽃들도 바라보아야 한다. 같이 걷는 사람도 살펴야 한다. 여러 갈래 길이 나올 때는 이리저리 유심히도 살피며 기웃거려 보기도 해야 한다. 그래서인지 나의 친구들보다는 대학원 가는 시기가 늦어졌다. '괜찮아. 느리게 가도 돼.'라고 누군가 말한다. 그래. 괜찮다. 내가 어디로 가는지, 어떻게 가는지만 잊지 않았다면 괜찮다. 곧장 그 길로 목표를 향해 간다면 좀 덜 힘들 수도 있다. 하지만 나처럼 주변을 살피면서 가는 것도 괜찮다. 나의 도처에 있는 행복들도 맛볼 수 있고, 평생 함께 갈 사람들과의 추억들도 이 시점 어딘가에 둘 수 있다. 지금도 예전의 어느 때를 생각하면 특정 사건과 함께 그때의 감정들이 떠오른다. 행복, 즐거움, 괴로움, 슬픔 등 다양하게 뒤엉켜 있지만 내 삶을 풍요롭게 하는 느낌이다. 그리고 그때 함께 그 감정들을 느꼈던 사람들도 떠오른다. 지금껏 서로의 버팀목이 되어준다. 앞으로도 그렇지 않을까? 조금은 느리지만 그래도 오늘도 꿈꿔본다. 그리고 내일 한 발짝 내디딜 것이다. 꿈을 향해…….

제3장
나의 시카고

시카고의 여행자 아닌 거주자

시카고 오헤어 공항에 도착했다. 벌써 세 번째라 익숙하지만 낯선 곳이다. 여행 온 것처럼 로밍된 핸드폰도 없다. 짐을 빨리 찾아서 나가면 '현주가 나를 입구에서 기다리고 있겠지.'라는 기대로 서둘러서 나왔다. 아무리 둘러봐도 없었다. 무거운 짐을 이끌고 이리저리 다른 게이트들 앞에도 서성여 본다. 하지만 아무데서도 보이질 않는다. 공중전화로 전화를 해야겠다 싶어서 음료수를 하나 사고 동전을 거슬러 받았다. 전화벨이 울리고 현주의 목소리가 들린다. 길치였던 그녀는 한시간전에 나왔는데 내비게이션을 제대로 보지 못해서 헤매고 있다고 했다. 어휴. 어쨌든 다행이다. 공항에서 엇갈린 건 아니고 오는 중이긴 하니 기다리는 수밖에. 그로부터 한 시간 후 우리는 만날 수 있었다.

내가 간 동안 현주는 집에서 놀고 있던 시기라 나의 시카고 생활의 시작을 도와줄 수 있었다. 시카고는 겨울이 길고 매우 춥고 여름은 짧다. 여름은 덥지만, 건조해서 더위를 즐길 수 있으리라. 뜨겁지만 더위를 식히기 보다는 생활에 활기찬 열기를 더 해주는 것이 시카고의 여름이다. 언제나 그렇듯 첫인상은 중요하다. 시카고의 첫인상은 처음 놀러 왔을 때도, 살러 오게 된 때도 여름이라서 마냥 좋았다. 구름 한 점 없는 깨끗한 하늘에 산이 없어서 드넓은 푸르른 평원을 바라보고 있으면 기분이 절로 좋아진다. 미국은 땅이 넓어서 곳곳에 공원이 많다. 평지의 푸르름을 좋아한다면 미국도 살기 좋다.

영화 같은 데서 보면 더운 날씨에 특히 외국 사람들은 햇살이 잘 비치는 곳에 비키니 차림으로 누워있는 것을 자주 보았을 것이다. 꼭 식물이 광합성을 하는 것처럼……. 시카고의 호수에서도 그랬다. 특히 호수라고 하기엔 바다처럼 보이는 미시간호 근처로 가면 바닷가와 같이 사람들이 즐비하다. 바닷가에 살았던 나로서는 호수이지만 파도 없는 바다처럼 쉽게 가볼 수 있어서 좋았다. 고향을 떠났지만, 그곳에서 내가 좋아했던 풍경과 장소를 다르지만 재현할 수 있는 곳들이 있어서 적응에 도움을 주었다. 집에서부터 차를 타고 나가면 되니 걸을 일이 별로 없다. 이것도 좋다. 포항에서의 삶도 그랬으니 특별히 달라진 점이 없는 것 중 하나다.

여름이라 큰 공원에서는 각종 페스티벌이 많았다. 시카고 재즈 페스티벌이 8월에 열렸다. 밀레니엄 파크에 현주, 조 남편, (친구의 남편을 오빠로 부르기는 좀 그렇고 제부라고 하기에도 이상했다. 그래서 현주의 성을 붙여서 현주의 남편 보다는 김남편이 친근감 있지 않은가?) 나, 이렇게 셋이서 피크닉 박스를 들고 나갔다. 살면서 감탄한 몇 장면 중의 하나가 펼쳐졌다. 학부 시절 유기적 건축을 흉내 내면서 반고흐의 그림과 프랭크 게리의 작품들을 오버랩하던 시절이 있다. 프랭크 게리의 작품이 야외 공연장으로 구현되어 있었다. 게다가 난 오케스트라를 말도 못 하게 사랑한다. 그의 작품과 오케스트라 협연으로 이루어진 재즈 공연. 시카고의 맑은 밤하늘 아래 잔디밭에 누웠다. 완벽하다.

　여기에 사랑스러운 친구 둘까지 함께 앉아 와인과 다과를 즐기면서 희희낙락거리고 있으니 세상에서 천국은 이곳이리라. 원래 술을 못하던 나는 금방 취했다. 분위기에 취하고 와인에 취하고……. 화장실을 가다가 몇 번이나 주저앉아 쉬다가 다녀왔다. 그래도 좋다. 이같이 나의 학교생활도 꿈과 이상을 실현하면 참 좋겠다는 생각으로 하루를 마무리했다.

　타국인으로 살기에 미국은 쉽지 않다. 입학 전 필요한 건강 검진 서류 등의 추가 서류를 내기 위해서 학교에 갔다. 아무리 7월이 방학 기간이라고 해도 행정 일을 하는 직원들은 학교에서 근무했던 것 같은데, 학교에 가느냐고 한 명이 있긴 한데 일 처리를 해줄 수 없다는 것이었다. 당장 8월1일부터 수업을 들어야 하는데 언제 서류를 처리해 준다는 건지 알 수 없었다. 다시 집으로 돌아와서 담당자에게 이메일을 보내고 약속을 잡았다. 처음 방문은 입학 전 학교 분위기도 살필 겸 둘러보았다고 치자. 두 번째 방문하여 담당자를 만나서 필요한 일을 하였다. 사적인 자리 말고 이렇게 공적인 일로 외국인과 일대일 만남은 처음이라 떨렸다. 원활한 의사소통이 되지 않으면 학기 중에 유예기간을 두고 학점 4.0 만점에 3.0 이상을 유지하지 못하면 언제든지 학교 측에서 학업을 그만두게 할 수도 있다. 그래서인지 더 긴장되었다. 무사하게 넘어갔지만 8월 예비 수업 2주 동안 첫 학기부터 유예 판정을 받았다. 토플 80점, GRE 평균 남자 신발사이즈(내 신발 사이즈라고 생각하는 거보다는 좀 더 높은 점수이기에...)로는 당연한 결과이다. 사실 다른 친구들은 그냥 조건 없이 입학하기도 하였는데 내 경우에는 까다로웠다. 그리고 어학연수 한번 없었던 나에게 미국인들과의 생활은 무척 어려웠다.

　8월1일부터 수업이 시작되고 보니 한 반에 20명 남짓 있었고, 중국인 남학생한 명, 한국인 나 한 명, 그 외에는 모두 미국인, 유럽인들 중 백인들뿐이었다. 인종차별 같아서 백인이라는 표현도 쓰고 싶지는 않으나 20명 중 18명이 서양권 문화 중 백인뿐임을 강조해야 할 것 같다. 그래서 더 나 같은 유색인종에게 적응력과 의사소통 능력을 보여달라는 의미에서 유예기간을 준 듯했다. 또한 토론 수업도 많아서 내가 수업 때 한마디도 못 할 때도 많아서 수업을 이해했는지 교수님이 궁금해하기도 했다. 설명해도 이해 못 받았지만 이것은 언어의 문제뿐만이 아니었다. 수업 대부분은 원형으로 모여 앉은 식이었다. 한국은 선생님과 마주 보는 여러 겹의 일자형. 즉, 주입식 교육이었다. 30년을 그렇게 살았는데 갑자기 원형으로 앉아 모두가 평등하게 반말을 하면서 한국에서는 말대꾸라는 소리를 들을 만한 말도 시기적절하게 끼어들어서 해야 한다. 영어도 못 했다. 그래서 교수님이 추천해준 외국인을 위한 영어 수업도 2개 들었다. 하지만 나의 근원적인 문제는 영어가 아니었을 것이다. 그래서 더 드로잉을 열심히 했다. 남들이 하는 것보다 더 시간을 들였다. 한국인들이 손재주가 뛰어나다는 말을 증명해 냈다. 모델을 만들어내는 퀄리티와 드로잉의 완벽도는 내가 일등이었다. 건축가로서 표현력은 생명이다. 말로의 표현도 매우 중요했지만 그게 안 되니 다른 표현 방법으로 증명해 냈다. 아직은 그것으로만 인정받기에 한 달 밖에 되지 않았고, 미국사람들은 앉아서 말하기를 참으로 좋아했다. 그래서 페이퍼와 토론 수업으로 내가 3년 동안 수업을 듣고 소화해내기에 적합한 사람인지 증명해 보이길 원했다.

책을 읽고 서평을 쓰는 수업에서는 과제를 내기 전에 담당 교수님께 검사를 받아야 했다. 문법적 오류나 적절한 어휘 사용 등을 검토했다. 몇 번의 수정 후 제출을 했다. 대학원에서 이런 경우는 들어보지 못했으나 이유는 있는 듯했다. 주립학교 특성상 미국 출신이 아니더라도 나와 중국인 한 명 외에는 일리노이 주민이었다. 특히 건축과는 미국에서 더 이상 유망직종이 아니라서 현실과 동떨어진 꿈과 이상을 쫓는 철학가적 마인드가 박힌 사람들이 하려고 하는 학업이 되어있었다. 이미 한국보다 먼저 경제공황이 시작된 터라 주택의 가격은 폭락하고 있고 은행의 압류로 무주택자가 늘고 있던 시점이었다. 그래서 인지 유학생은 우리 과에 단 두 명 뿐이었다. 다른 이들은 영어사용에 아무런 문제가 없었기에 더 관심의 대상이었다. 다른 학년을 보아도 나 같은 학생은 없었다.

대학교 1학년을 대하는 듯한 태도와 나의 과제의 내용과 상관없이 특정 단어에 빨간 줄이 그어지는 것은 기분을 상하게 했다. 개인 교습을 받아서 좋다고 생각할 수 있지만 그런 수준이 아니었다. 실제 영어 작문 수업과도 같았으면 실력이 늘었으리라. 내 작업 공간에서 마주 보고 있던 남자도 가끔은 나를 무시하는 듯했다. 시카고보다 남쪽 내륙지방인 캔자스시티에서 왔다. 미국에도 사투리가 있다. 가끔은 빠른 속도로 알아듣지 못하는 말로 뭐라고 하고는 웃는다. 영 알아들을 수 없는데 왠지 기분이 나쁘다. 가끔 옆에 있던 좀 더 착해 보이는 남자가 친근하게 설명을 해준다. 기분 상할 내용은 아니었는데 나에 대한 배려가 없다는 게 기분이 나빴다. 미국에서 '레이디 퍼스트'라는 말도 있지만 정말 사소한 일에서만 적용되는 것 같다. 건물을 들어갈 때 문을 열어주거나 상점에서 먼저 물건을 집게 해주는 정도의 예의와 배려. 여행을 오면 참 편하고 좋다. 존중받는 것 같아서……. 하지만 내게 삶의 터전이 된 미국은 전혀 달랐다. 그들과 같은 말을 해야하고 같은 사고를 해야한다. 다양한 사고를 존중한다고는 하지만 그들이 하는 사고를 해야 그들의 말을 이해할 수 있고 적절한 대답을 할 수 있다. 일상생활에서는 괜찮다. 하지만 그들의 사회에 진입하기 위해서는 필수적이다.

상상하던 건축과는 전혀 달랐다. 먼저 그들의 문화에 적응해야 했고, 영어를 숙달해야 했다. 미국의 건축은 매우 철학적이었고 이론적이었다. (학교마다 학풍이 다르다고 하니 사견일 뿐이다.)또한 실험적이었다. 처음 배우는 프로그램들을 시도하면서 학부 때와는 또 다른 유기적 건축에 도전하고 있었다. 수업을 듣고 내가 이해한 내용이 맞는지 재확인을 했다. 과제를 제대로 하고 있는지도 몇 번이나 확인을 거쳐서 하곤 했다. 이전의 나와는 전혀 다른 습관을 익혀나가고 있었다. 그렇지 않으면 과제 발표날 나만 다른 발표 내용을 발표하게 될 수도 있기 때문이었다. 그리고 과정 중에 교수님께서 과제를 중단시키기도 했다. 남들보다 시간이 많이 걸렸고, 낑낑거리면서 해서 가도 어떤 날은 전혀 다른 숙제를 해갈 때도 있었기 때문이다. 대학원과정에 맞지 않게 특별 관리를 받으면서도 결과물에 대해서는 여느 대학원생과 마찬가지로 냉정한 평가를 받았다. 내게는 꿈이 있었다. 그런데 그 어느 곳에도 보이지 않았다. 점점 시카고의 일몰은 점점 더 이른 시간에 다가오고 있었다. 겨울도 스멀스멀 다가오고 있었다. 휘황찬란한 시카고의 고층 빌딩 숲에 바람을 맞으면서 혼자 서있었다. 건물마다 야경을 이루는 불빛은 어두운 거리의 초라한 나는 대조적으로 빛나고 있었다. 어느덧 덥고 찬란한 햇빛은 온데간데없이 해 질 녘의 차가움이 나를 감싸고 있었다.

시카고에서의 학교생활

지선에게 편지 한 통을 받았다. 인생이란 주머니 안에 좋은 일이 쓰여 있는 공들과 좋지 않은 일들이 써진 공들이 함께 들어있다고 한다. 하나씩 꺼내어져 일이 일어날 때마다 없어지니까 좋은 일이든 나쁜 일이든 괜찮을 수 있다고 한다. 좋은 일은 좋은 대로 그렇지 않은 일은 그 공이 사라지니 보이지 않는 주머니 안에는 그만큼 좋은 일의 공들이 더 많다고 말이다. 그러니 나의 학교생활에서도 좋은 일들도 있었다.

사람들. 어디에서나 남는 건 사람들이다. 20명으로 이루어져 있으니 함께 과제 하면서 밤새는 날들이 많아질수록 친해져 갔다. 미국은 특별한 경우를 제외하고 20대 중반이 넘어가면 독립을 하는 편이다. 학과의 친구들도 다들 혼자 살고 있었다. 과제 마감일이 지난 주말에는 어김없이 함께한다. 미국 영화나 드라마에서 보듯이 파티를 한다. 혼자 사는 집에 음료와 다과 등을 준비해 놓고 친구들을 부른다. 미디어를 통해 우리에게 별로 없는 풍경이라 멋있어 보였지만 실제로는 그다지 재미있진 않다. 학교에서도 가끔 'xxx의 밤'이라는 이름을 붙여서 다운타운 내의 한 갤러리로 초대를 한다. 또는 학교 갤러리에서 모인다. 서서 먹으면서 이 사람 저 사람이랑 이야기하면서 몇 시간을 보낸다. 그냥 우리가 친구들과 카페에 앉아서 몇 시간씩 수다를 떠는 풍경과 다르지 않다. 다만 '파티'라고 명명하여 좀 더 특별해 보인다. 아. 그리고 특별할 수 있는 이유는 평소에는 캐주얼하게 입고 다니는데 '파티'를 갈 때면 한껏 드레스 업을 한다. 우리나라에서는 잘 입지 않는 드레스들을 입고 나선다. 나는 '파티'를 좋아했다. 학교에서는 과제 하고 수업 따라가기에 바빠서 여러 친구들과의 시간을 보내기 힘들었는데 놀러나가서는 시시콜콜한 이야기들을 맘껏 할 수 있어서이다. 또한 여느 여자들과 비슷하게 드레스 업하는 것을 좋아한다. 어릴 적 종이 인형들에게 어깨가 푹 파진 드레스들을 입히면서 대리만족했던 때를 떠올리면서 드레스 쇼핑하는 것을 즐겼다.

핼러윈 날에 매튜네 스튜디오에 모두 초대가 되었다. 학교 근처였다. 친한 친구 몇 명과 함께 마트에 들러서 먹을 것을 사들고 갔다. 할로인 코스튬을 하는 것 같았는데 어떻게 해야 할 지도 잘 몰랐다. 그만큼 유머감각이 부족하기도 했고 쑥스러움을 많이 타서 그냥 갔다. 이미 와있던 친구들은 여러 코스튬으로 와있었다. 나의 첫 핼러윈을 감격스럽게 보냈다. 구경하는 재미와 소소한 이야기들로 채웠다.

어느덧 내 생일이 되었다. SNS에는 개인정보가 뜬다. 그래서 내 생일임을 미리 알았으리라. 여느 때와 다름없이 학교에 도착해 제일 먼저 스튜디오에 내 자리로 갔다. 곰 인형 한 마리와 포장된 선물 몇 개가 있었다. 내 옆자리에 앉아서 나를 잘 도와줬던 세레나가 웃으면서 'Happy Birthday!'를 외쳤다. 그리고선 주변 친구들이 축하해줬다. 신나서 현주와 김남편에게 자랑 문자를 보냈다. 20살도 훨씬 넘은 여자에게 왠 곰 인형이냐며 네가 레즈비언인 줄 착각하는 거 아니냐는 답장이 왔다. 나의 감격은 놀람으로 바뀌었지만 아무렴 어떠리! 세레나가 곰인형을 주었는데 다행히 그녀는 남자친구가 있다.

세레나, 카샤와 친했다. 둘은 시카고 사람이긴 하지만 폴란드 출신이다. 어쩌다 보니 그녀들의 점심시간에 껴서 매일 점심을 함께 했다. 이렇게 셋만 학교 근처가 아닌 지역에서 살면서 차를 타고 등하교를 했던 그룹이기도 했다. 가끔은 둘이 폴란드어로 이야기할 때 질투도 났지만, 꼭 통역을 부탁하며 이해했다. 나또한 정말 한국말로 말하고 싶었기 때문이다. 너무 참다보니 결국 카샤와 수업시간에 맨 뒤에 앉아서 영어로 잡담하기도 했다. 수업이 지루한 건 세계 어디서나 진리이다.

셋이 같은 팀도 했다. 시카고의 유명한 근대 고층 건물 중에 하나를 골라서 재현하고 분석하는 과제였다. 철, 유리가 처음으로 건축자재로 소개되는 기념비적인 건축물이다. 지금은 유리글래스 외관의 고층 건물들이 즐비하다. 철골 구조로 뼈대를 이루어 높게 뻗은 건물을 쉽게 볼 수 있을 것이다. 하지만 100년도 훨씬 이전의 건물을 떠올려보면 콘크리트도 혁명적인 자재였고, 철이나 유리는 상상도 못 할 자재였다. 새로운 자재의 사용을 기점으로 초고층 빌딩의 시작점을 알린 것은 확실하다. 하여튼 근대 건축을 이해하고 점수를 잘 받고 싶어서 욕심을 냈다. 3d Max는 초급단계였는데, 친구들에게 내가 건축물의 3d Max로 재현해 보겠다고 했다. 색을 내는 것이 어려웠다. 빛에 따라서 철근과 유리에 투영되고 가려지는 그림자의 색이 달라졌는데 초급자에게는 무척 어려운 것인 줄 몰랐다. 결국은 한국에 있는 동생에게 도움을 청했고, 시차로 인해서 가르침과 도움을 동시에 받다가 마감시간을 겨우 맞추었다. 친구들은 빨리 하라고 닦달했지만 기다릴 필요도 있는 내 속사정을 몰랐다.

어찌 되었든 겨우 발표를 잘 마칠 수 있었다. 내가 발표력이 떨어져서 내가 발표를 안 해도 된다고 생각했다. 팀이기 때문에 서로가 잘할 수 있는 영역을 해서 최상의 결과물을 내면 된다고 생각했다. 하지만 학기가 끝난 후 친구들은 A를 받았는데 나는 B를 받았다. 매주 수업 시간마다 중간과정을 교수님은 체크하고 계셨고 말을 하지 않았던 나는 수업 참여도가 떨어진다고 생각하셨다. 팀내에서도 개별점수가 다른 것을 보고 충격이었다. 팀워크를 발휘해야 하지만 역시나 평가는 개인주의의 나라답게 개인적으로 다르게 학점을 부여하였다.

최우선 순위의 실기 수업인 설계의 발표 날이 다가왔다. 교수님이 일대일로 수업하는 방식이다. 3번 정도의 중간발표를 하고, 평소 수업시간에는 그동안 했던 과정을 검토하면서 수정을 해주신다. 몇 번을 잘 이해를 못 했다. 그래서 종종 다른 방향으로 가서 시간이 오래 걸렸다. 열심히 한다고는 했는데, 수업에서 원하는 방향으로 가면서 열심히 해야 하는 것이 관건이었다. 나도 체력은 괜찮다고 생각했는데, 미국 친구들을 따라가기에 너무 힘들었다. 며칠 밤을 거뜬히 새우면서 집중력 있게 과제를 해나갔다. 가끔 소파에 웅크려서 자다가 와서 또 하더라. 나도 육식으로 식단을 바꾸어 볼까 진지하게 고민하던 시절이다. 다른 친구들이 꼭 육식 위주의 식습관 때문이라는 것은 명백한 선입견이지만 말이다.

발표날. 무척이나 떨렸다. 몇 번이고 발표내용을 쓰고 고치면서 입에 붙여봤다. 긴장하면서 기다리다가 내 차례가 다가왔다. 발표는 한국에서와 같았다. 지도 교수님과 학장님 등 오셔서 내 발표를 듣고 문답하는 형식이다. 여기서 중요한 것은 질문에 대한 답변을 논리적으로 방어적으로 설득력 있게 해야 한다는 것이다. 그럼으로써 내가 펼친 주장과 과제 내용이 더 합리성 있게 만드는 것이 나의 역할이다. 그러거나 말거나 나의 발표가 무사히 끝나기만 했으면 했다. 4개월 내내 열과 성을 다해서 해서 어떠한 질문에도 대답하긴 했지만, 만족스러웠는지는 모르겠다. 이렇게 한 학기가 끝나고 학점은 2.44를 받았다. 다른 학교 대학원을 다니는 친구 승연이는 2학년 내내 이보다도 못한 점수를 받고도 졸업을 했다고 했다. 하지만 나는 이 학점으로 졸업을 할 수 있을지 의문과 걱정을 가진 채 방학을 시작하였다.

학기 내내 영어 때문에 스트레스 받고 과제 때문에 마음 졸였다. 틈틈이 오아시스도 있었다. 학교 친구들과 함께 시카고 다운타운 곳곳으로 현장 실습을 다니며 건축과 학생만이 가 볼 수 있는 곳을 누리며 다녔다. 친구들이 사먹는 음식을 똑같이 따라 사먹어 보면서 한층 미국인에게 가까이 가보았다.

그동안 대학원 생활을 상상하면서 그리던 내용의 학업은 아니었지만, 미국 생활은 나와 잘 맞았다. 영어 몇 마디 안 써도 학교생활을 잘할 수 있다던 유학 선배들의 말과는 달리 미국인들과 하루 종일 붙어있어야 하는 환경에 처했다. 하지만 그 틈에서 고군분투하며 한 학기를 잘 버텨주었고, 시카고의 곳곳을 학생이라는 이름 아래 볼 수 있었다. 평소 제한 구역까지도 허가받았기 때문이다. 나는 석사과정을 통해서 미국에서의 건축가를 꿈꾸면서 유학을 왔다. 하지만 우리학교는 연구중심의 학교였고, 미국인들의 논리에 들어가서 연구해야 했다. 시카고의 근대와 현대건축을 연구해야 했고, 미국의 거장 건축가들을 파고들어야 했다. 이론을 파고들어서 이리저리 뒤집어보면서 자유자재로 토론을 즐겨야 했다. 그러면서 한국에서는 한물간 입체 구현 프로그램을 배워야 했다.

이렇게 3년을 다니면 미국에서 건축가가 될 수는 있겠지. 나는 그동안 도시 재생과 건물과 도시와의 유기적 관계를 배웠다. 그것에 흥미가 있었다. 그리고 사람들의 움직임에 따라 어떤 건물이 탄생하는지 도시가 탄생하는지에 관심이 있었다. 한 학기 내내 한 번도 고민해보지 못했고, 다음 학기 커리큘럼에 봐도 보이질 않는다. 원하던 유학길에 올랐다. 물론 내가 학풍과 연구논문들을 살피면서 고른 학교들은 모두 불합격하고 이곳에 합격했다. 흔히들 시카고가 건축으로 유명하다고 하지만 도시의 마천루 때문일 것이다. 전문가들에게는 들어본 적이 없다. 물론 시카고 다운타운을 발길 닿는 대로 걸어가도 유명 건축가의 작품들을 몇 개씩 볼 수 있다. 보고 듣는 것만큼의 훌륭한 교사가 없으리라. 하지만 나의 최선책이 아닌 학교에서 학비를 걱정하면서 지내고 있었다. 여러모로 배움은 많았지만, 대학원이 앞으로 나의 건축 인생에서 어떠한 방향성이 될 지도 모른다는 생각으로 휩싸이고 있었다. 미래는 늘 불확실하니 현재에 집중하려고 생각했다. 한정된 시간과 재정을 아껴서 최선의 결과물을 내고 싶었다. 그만큼 고민은 커졌다. 나는 잘 선택한 길 위에서 열심히 하고 있는가. 잘 모르겠다. 평범한 집안에서 여기까지 오는 데는 부모님의 희생이 많이 따른다. 그동안 모은 돈이라고 해봤자 생활비로도 턱없이 부족했다. 학기가 끝난다는 것은 다음 학기가 곧 시작된다는 뜻이고, 이어 학비를 내야 한다는 것이다. 처음에는 들뜬 마음으로 발걸음을 내디뎠으나 이번에는 그렇지가 않다. 이렇게 고민하던 내게 누군가가 그랬다. 많은 유학생이 같은 고민을 하고 있고, 때론 중간 어디쯤에서 방황을 하고 있기도 하다. 하지만 목표를 뚜렷이 보고 그 길을 나아가야 한다고 한다. 나는 꿈도 많고 욕심도 많다. 그 꿈으로 돈을 많이 벌 수 있다고는 늘 생각하지 않는다. 꿈이 나를 움직이고 생기를 불어넣어 주어 이루어질 것이라고 믿고는 있다. 이것은 나의 행복과 삶의 원동력과 직결되는 것이지 입신양명의 토대가 된다고는 생각하지 않는다. 그래서 나의 꿈을 위해서 누구든 희생되면 안 된다고 생각했고, 심지어 나 자신도 스스로 괴롭혀서는 안 된다고 생각했다. 하지만 생각과 현실은 달랐다. 부모님도 처음이라 몰랐지만, 막상 유학생 부모님이 되니 생각보다 더 경제적으로 힘드신 것 같았다.

시카고의 차가운 겨울

10월까지는 통학이 매우 어려웠다. 메트라라는 시 외곽도시까지 연결된 기차를 타고 학교를 등하교 했다. 메트라 타는 시간만 1시간이었고 현주네서 기차역까지 걸어서는 30분이었고 차 타면 5분이었다. 대부분 김남편이 출근길에 태워주고 가끔 일찍 하교할 때면 날씨가 좋은 날에는 운동 삼아 걸어서 집에 가기도 했다. 어쨌거나 가는 데만 2시간이었다. 컴퓨터 작업이 대부분이라 큰 노트북과 책 등을 짊어지고 날마다 다니니 학교에 도착하자마자 녹초가 되었다. 종일 집중을 해도 모자랄 판에……. 다시 하라고 하면 못할 것 같다. 10월 말쯤 차를 샀다. 흑인 갱단이 있을 법한 지역에 갔다. 김남편이 열심히 찾아봐 준 결과 처음 가보는 지역에 가서 2700불 97년산 도요타 캠리를 샀다. 나의 첫 외제 차였다. 오래되긴 했지만, 꽤 쓸 만했고 먼 거리를 통학하기에 안전할 만큼 큰 크기였다. 한화로 300만 원으로 구입하기란 쉽지 않았지만 좋은 선택이었다. 신나게 학교를 통학했다. 차도 샀으니 독립의 때가 되었다. 좀 더 학교와 가까운 곳에 집을 얻어 나와서 이사를 했다. 유대인들이 많이 사는 주택가였다. 한국인 아줌마와 딸이 사는 2층 주택 집에 방 한 칸을 월세를 주고 살았다. 미국의 주택은 지하 공간이 꼭 있다. 지하에 영은이가 살고 있었다. 거실, 화장실, 방, 작은 부엌이 있었다. 같은 가격에 꽤 넓은 공간을 누리고 있었다.

겨울을 맞이했다. 11월부터 슬슬 추워지기 시작하더니 12월이 되자 한겨울이 되었다. 비록 시카고가 추워서 영은이가 방 외에는 사용하기가 어렵다는 것을 곧 알고 부러움을 거두었다. 한껏 추워지면서 방학을 맞이했다. 나름 미국에서 첫 크리스마스 계획도 세웠었다. 항공권도 미리 발권했다. 따뜻한 서부로의 여행. 샌프란시스코 근처의 작은 도시에)고등학교 친구 선미가 남편이 연구원으로 일하게 된 학교에서 살고 있었다. 샌프란시스코 공항에 도착해 마중 나온 선미를 만나 선미네 집으로 향했다.

신기하게도 미국은 도시마다 특색이 매우 달랐다. 지역적으로 먼 탓도 있을 거다. 시카고에서 샌프란시스코까지 비행기로 4시간이 걸렸으니 말이다. 간만에 선미 덕에 집밥도 먹었다. 함께 샌프란시스코와 근교를 여행했다. 다음 일정인 LA로 혼자 떠났다. 12월 24일에 도착했다. 차를 렌트하고 선미가 소개해준 친구네 집으로 가서 지냈다. 미국은 크리스마스 연휴에는 가게들이 문을 닫는다. 추수감사절과 크리스마스에는 온 가족들이 모이는 명절이기 때문이다. 멀리까지 와서 집에 있기는 그렇고 해서 유니버설 스튜디오에 혼자 갔다. 한국이었다면 절대 못 했을 텐데 미국이라 누가 동양인 조그만 여자애를 신경이나 쓰겠냐며 길을 나섰다. 역시나 사람이 넘쳐났다. 어디를 둘러봐도 혼자인 사람은 안보였지만 용기를 내서 구경도 다 하고 맛있는 것도 사 먹었다.

혼자라서 외롭다고 하면서도 주저하지 않았다. 나가서 내가 누릴 수 있는 것을 누렸다. 비단 여행만의 이야기가 아니다. 학교생활에서 주저하지 않는 법을 배웠다. 가만히 있으면 이리 치이고 저리 치이다가 존재감이 없어진다. 그러다 보면 교수님들이 무시하는 것도 느낄 수 있다. 오래간만에 얻은 휴가로 LA, 샌디에고, 라스베가스, 그랜드 케니언을 혼자 다니면서 생각을 해보았다. 미국에서 어떻게 살아남을 것인가. 학업은 어떻게 할 것인가. 그동안 생각하지 않았던 나름의 머릿속 계산기를 꺼내 들고 나의 대학원 생활에 대한 인풋과 아웃풋을 생각해보기 시작했다.

무언가 잘못되기 시작했다. 남들이 하는 것처럼 우선 학교 기숙사에 들어가서 살면서 학업에 정진하고 학교 생활에 적응하는 편이 낫지 않았을까. 미국에서 앞으로 살아야 한다는 생각에 따라 생활의 적응부터 하려고 했던 것 같다. 그래서 3년간의 학교생활을 바라보고 건축과의 하루 24시간 풀가동 시스템을 잊은 채 한인 식당에서 아르바이트도 시작했다. 남들이 하는 것처럼 유학생활을 시작하는 줄 알았지만 그렇지 않았다. 어학연수 와서 또는 대학 생활에 하는 일을 하기 시작했던 것이다. 그리고 내가 원하는 학교는 네덜란드에 있었다. 영어권 나라여서 미국의 대학들이 원하는 같은 조건이기에 준비해서 모두 원서를 내었다. 학풍이 내가 생각하는 것과 너무 달라서 자꾸 내가 쥘 수 없는 패를 그리워하기도 했다. 두 마음을 가지고 학교에 다니니 더 집중하기 힘들었다. 심지어 동생까지 부모님의 힘든 소식을 전하니 미칠 것 같았다. 1월 2일부터 새로운 학기가 시작이다. 나의 고민만큼이나 시카고의 겨울은 춥고 차가웠다.

결국 휴학을 하기로 했다. 이렇게 불확실하고 고민스러운 상황에서 학업에 집중할 수 없었다. 답을 찾고 싶었다. 사회로 나가보고 싶었다. 미국에서의 건축일이 어떻지 경험하고 학교에서 가르치는 공부의 내용이 앞으로 꼭 필요한

지 점검하고 싶었다. 지난 학기에 김남편의 소개로 두 번 미국인 건축가를 만날 기회가 있었다. 아이디어를 제공하고 용돈을 받았다. 시카고 내에서는 주립대학이 인지도가 좋다는 것을 알고 도전해보고 싶었다. 인턴을 구하는 건축사 사무실에 지원하기 시작했다. 인터뷰 일정이 3번 잡혔다. 휴학하기를 잘했나 싶을 정도로 기뻤다. 미국사회는 실리적이라 사회 경력이 중요하다는 말을 들은 적이 있어서 면접이 기대되었다. 영어 못한다고 탈락시킬까 두려웠지만 지난 학기에 한 작품들까지 첨가해서 포트폴리오도 준비했다. 면접을 보았다. 모두 탈락이었다. 이유는 비자문제였다. 학교를 중단하고 일을 할 경우 워킹 허가를 받아야 하는데 그러려면 회사에서 취업비자를 스폰서해야 한다. 요즘같이 경기가 어려워서 자국인들도 취업하기 어려운 터라 비자 문제를 논의해야 한다고 하니 어려울 것 같다는 답만 들었다.

모든 것에 회의가 들기 시작했다. 미국의 경기 침체가 곧 우리나라에도 갈텐데 내가 학업을 끝내고 미국에서 취직도 힘들 것이고 한국으로 돌아가도 쉽지 않겠다는 생각에 휩싸였다. 어리석어 보일지 몰라도 내가 생각할 수 있는 최선이었는지도 모른다. 주변의 유학생들이 학업을 끝낸 후 취직하고 싶었지만 돌아는 경우도 많이 보고 있었다. 계속 공부를 해야 한다는 조언도 많이 들었지만 이미 학업에서 의문을 품고 있던 터라 잘 들리지 않았다. 좀 더 휴학한 채로 버텨보기로 했다. 내 안에 답이 확실해지면 내년부터 다시 할 수도 있다. 또는 더 나은 길로 나아갈 수도 있다는 확신이 들었다. 근거는 없었지만 내 안에서 온 답은 그러했다.

고뇌의 폭풍이 휩쓸고 갈 무렵 근처에서 MBA과정 중이던 지영, 토론토에 있던 지희, 한국에서 날라 온 영아가 시카고로 놀러왔다. 학기 중이면 이런 시간을 가질 수 없었겠지만 난 안타깝게도 여유로웠다. 휴학한 소식에 지영이는 학교로 돌아가라고 혼을 냈지만 결국 내 마음대로 결정을 해버렸다. 그래도 모두들 내가 한국에서 준비한 시간을 지켜봐준 터라 더 안타깝게 여기면서 잘 되기를 간절히 빌어주었다. 시카고에 가보고 싶던 곳곳을 다니면서 간만에 여전히 추운 3월이었지만 마음만은 따뜻하게 일주일을 보낼 수 있었다. 마지막 날 밤 가장 높은 빌딩의 제일 꼭대기 층에 있는 바에 꼭 데려가고 싶었다. 맙소사. 천둥, 번개가 치고 있었다. 하늘은 안개로 뒤덮였다. 다음 기회는 없을 것 같고, 밤에 갈 곳이 별로 없다. 한국과 달리 다들 문을 닫아서 컴컴하다. 우리나라처럼 치안이 좋지 않은 이유도 있다. 하지만 우리는 용감하게 천둥, 번개가 치는 날에 존앤콕 빌딩의 맨 꼭대기 층으로 올라갔다. 초고층에서 안개를 맛 본 적이 있는가 하얗게 둘러쌓여 있어서 꼭 구름위에 있는 듯했다. 역시나 사람은 별로 없었다. 그래서인지 게이 커플이 진하게 애정행각을 하고 있는 것 아닌가. 나도 말만 들었지 실제로는 처음 보는 관경이었다. 영아는 다시는 못 볼 구경이라면서 힐끔거리고 있었다. 덕분에 즐겁게 번개 치던 밤에 초고층 꼭대기 층에서 겁도 없이 보냈다. 다음날 뿔뿔이 각자의 곳으로 돌아갔다.

긴 겨울이 지나고 꽃이 피는 봄이 왔다. 창밖에 꽃들은 만발한데, 내 방 안은 어둡고 컴컴했다. 옹기종기 모여 누워있던 이불과 베게가 흩어져있었다. 덩그러니 방 한구석에 누워서 창밖에 꽃과 방안의 이불을 바라보았다. 학교생활에 치여서 바빠야 할 시기였다. 다시금 준비하던 때가 떠올랐다. 격려의 손길들이 생각났다. 잘못된 것인가. 판단이 서질 않는다. 학교에서 건강보험도 되어 무섭다는 미국의 병원비도 신경 안 써도 되는 신분에서 최저소득층 백수로 전락을 해버렸다. 심지어 곧 있으면 비자 문제도 걱정해야 할지도 모른다. 한국으로 들어갔다가 와야 할지도 모른다. 나는 왜 이렇게 생각이 많지? 공부하는 게 직업이었던 고교시절도 그랬다. 지금까지…….

인생에 답은 없다. 내 삶을 살아가는 것은 누구도 아닌 나이다. 내가 지금 무엇 때문에 두려워하는지, 무엇을 원하기에 머뭇거리고 서있는지 알 필요가 있다. 차려놓은 밥상에 숟가락만 얹을 수 있는 것이 인생이라면 참 쉬울 것 같다. 하지만 그렇게 단순한 문제는 아니었다. 공부도 내가 해야 하고 그 어떤 때보다도 학교에서 자발적이고 주체적인 참여로 최대한의 것들을 얻어내야 하는 것이 미국의 대학원 생활이다. 그런데 나는 아무런 마음가짐이 준비가 되지 않았고, 내 안에 동기가 없었다. 그동안 있는 줄 알았다. 내 안이 꿈과 열정으로 가득차고 미래의 청사진으로 가득 차 있는 줄 알았다. 학교에 가면 내 꿈과 미래에 땔감을 공급해 주는 줄 알았다. 하지만 내가 가진 현재와 미래의 상자의 뚜껑을 열어 속을 들여다보니 텅 비어있었다.

일터가 된 시카고

매일 식당 웨이트리스로 일하고 있었다. 늘어나는 급여 탓에 허한 마음을 어느 정도는 채울 수 있었다. 평소 무슨 일이든 열심히 하는 습관이 있는 나는 휴학 후 곧 일터에서 매니저 역할을 하게 되었다. 직원들의 스케줄을 정하고 관리하였다. 새로운 역할로 늘어난 급여와 함께 뿌듯함과 책임감이 따라왔다. 일하면서 좋은 점 하나는 일터 외의 시간은 하고 싶은 일을 하면 되는 것이다. 학생 때는 방학이 올 때까지 과제와 시험의 압박으로 일주일에 몇 시간도 채 놀지 못한다. 금전적인 면도 생각해야 한다. 하지만 돈을 벌 때는 풍족하지는 않지만 내 손에 쥐어진 돈으로 하고 싶던 여가 생활을 즐길 수 있다. 퇴근 후 나에게는 숙제가 없고 시험이 없다. 일터에서 집중하고 퇴근 후 마음껏 쉴 수 있었다. 하지만 하루하루 지날수록 '나는 누구? 여기는 어디?'라는 질문이 귓가를 맴돌았다. 학교에 다닐 때보다 스트레스가 커갔다. 나의 껍데기만 존재하는 듯했다.

일하면서 영어는 꾸준히 공부해야겠다 싶어서 어학원을 알아봤다. 직업기

술학교였는데 어학 과정도 있고 컴퓨터 그래픽 등의 과정을 이수하면 졸업 후 취직도 할 수 있다는 정보를 얻었다. 그래서 입학 과정을 밟았다. 담당자가 한국인이어서 도움을 많이 받았다. 10개월의 과정 후에는 1년간 취업을 알아볼 수 있게 비자가 주어진다고 들어서 학비가 타 어학원보다는 비싸지만 다니기로 마음먹었다. 기다리던 중에 교회에서 아는 분이 이곳에 다닌 것을 듣고 조언을 구했다. 내가 기대했던 것보다는 수업의 질이 좋지 않았고, 실제로 취업도 학교를 통해서는 이루어지기 힘들다고 했다. 내년에는 나의 원래 대학원에 돌아가는 방법도 있으니 다른 어학원을 알아보기로 정했다. 그러고선 담당자에게 이야기했더니 화를 내었다. 사실 대학원에서 1달 정도를 다니다가 휴학을 신청한 터라 학비의 일정 부분을 내야 휴학 허가를 줄 수 있다는 문제가 생겼었다. 분명히 공지를 꼼꼼히 살피고 휴학을 신청했는데 날벼락이었다. 그러던 중에 이 학교를 알게 되고 담당자께서 도움을 주셨다. 그래서인지 문제 해결이 다 되니까 그만두는 게 어디 있냐며 노발대발하셨다. 그러려고 했던 것은 아닌데 결국은 다른 어학원으로 가는 쪽으로 정하게 되었다. 죄송한 마음에 수고비와 선물과 카드를 챙겨서 사무실에 찾아갔지만 만나주질 않아서 전해주고만 왔다.

곧 전화가 왔다. 나의 잘못을 들춰내면서 앞으로 그렇게 살면 안 된다고 혼내시며 3,000불만 빌려달라고 했다. 기술학교 학비도 감당이 안 될 것 같아서 싼 어학원으로 바꾸려고 한 건데 가난한 유학생에게는 거액을 빌려달라는 것이었다. 부인에게 알리면 안 된다는 말과 함께……. 너무 당황스럽고 억울했다. 그동안 미안한 마음이 컸었는데 괜한 마음을 썼다는 생각이 들었다. 그 뒤로도 몇 번의 독촉 전화가 왔었다. 내 주소도 알고 있어서 집으로도 찾아올까 노심초사하면서 전전긍긍했다. 서러웠다. 혼자인 게 너무 싫었다. 가족이 없으면 남자친구라도 있어서 나를 지켜줄 수 있으면 얼마나 좋을까 생각에 휩싸였다. 평소 첫째라서 그런지 어렵고 힘든 일은 부모님께 이야기하지 않는다. 멀리서 걱정거리만 드리는 것 같아서 하지 않는다. 한국에 있을 때도 그랬다. 모든 일이 다 잘 해결되면 그때 그랬었지 라며 이야기를 털어놓는다. 그래. 좀 미련한 성격이다. 그래서 혼자서 끙끙 앓았던 이때를 생각하면 가슴이 답답하다. 그 담당자는 신뢰감 있는 얼굴로 한인들이 많이 드나드는 한인 마트 등의 장소에서 여느 때나 다름없이 학교 설명회를 했다. 가끔 지나가다 보기도 해서 내가 오히려 피해 다녔다. 어디서나 피해자가 피해 다녀야 해서 피해자인 것 같다.

　함께 일하던 언니가 지인 모임에 초대했다. 일이 끝나면 10시인데 이후 시간에 어디 놀러 가 본 적은 이때가 처음이다. 늦게까지 오픈하는 집 근처 카페에 앉아서 수다 떨고 사람 구경하기도 했다. 설레는 마음으로 모임 장소로 갔다. 학교 친구들 외에 처음이기 때문이다. 현주랑 좋아하던 초밥 집에서 일하는 셰프 두 명과 종업원 한 명이었다. 반가워하면서 아는 척을 했다. 오랜만에 좋아하는 노래방도 갔다. 다음날 언니랑 같이 일하는 날이었다. 언니가 다른 날과 달라 보였다. 역시. 그중 한 셰프가 오늘 또 보자고 연락이 왔단다. 매일 쓸쓸하다고 노래를 부르던 언니에게 기분 좋은 소식이었다. 둘이 보기엔 어색하니 넷이 보기로 했다. 셰프 두 명과 우리. 모두 식당에서 일해서 끝나는 시간이 비슷했고 거리도 가까웠다. 심지어 그 둘은 같은 집에 살고 있었다. 그래서 언니와 함께 일하는 날이면 꼭 만나서 놀기 시작했다. 원래 언니에게 관심을 표하면서 만나던 터라 어느 순간부터 둘이 자꾸 사라졌다. 그러다 보니 둘 중 동생이었던 에릭 오빠와 내가 함께 있는 시간이 많아졌다. 그렇게 누가 먼저랄 것 없이 서로를 바라보기 시작했다.

처음에는 외모는 호감형이었지만 직업이 마음에 들지 않아서 언니네 커플을 도와준다는 생각으로 만났었다. 그러고는 내 갈 길 가리라 다짐했는데 그렇게 되지는 않았다. 생각과 달리 순식간에 빠져들었다. 나에게는 30살 평생 중에 가장 힘든 시기를 보내고 있는 때라 더 소중한 존재가 되어갔다. 착하고 좋은 사람이었다. 내 말 떨어지기가 무섭게 행동을 하던 사람이었다. 그동안의 누구보다도 나에게 이렇게 헌신적인 사람이 없었다. 사귀기로 한 첫날 그는 살아온 본인의 이야기를 모두 털어놓았다. 왠지 솔직해야 한다는 생각이 들었다고 했다. 몇 시간이 흘렀을까. 어릴 적 부모님이 이혼하신 이야기부터 친가, 외가를 전전하면서 살다가 중학생 때부터는 친구 집에서도 있다가 거리에서도 있었던 이야기들까지 해나갔다. 세상에 버려진 한 사람의 다큐멘터리를 듣는 듯했다. 20세가 넘어서 서울에서 자리를 잡아갈 무렵 미국에 있던 아버지가 미국으로 불렀다고 했다. 아버지의 자리를 그리워하던 터라 한국의 삶을 모두 정리하고 떠나왔다고 했다. 그때 결혼을 생각한 사람도 있었다고 했다. 상대방의 부모님께도 허락을 받아놓은 상태였지만 아버지의 존재는 그것을 능가했다. 어릴 적부터 고대하던 순간이라서 포기 할 수 없었다고 했다. 자리를 잡으면 그녀를 부르겠다고 했지만, 미국에 온 후 정리가 되었다고 했다.

첫 만남에서 듣기에 무거웠다. 하지만 그 이야기에 빠져들었다. 연민은 아니었다. 나를 바라보며 솔직하게 이야기하는 그 눈빛에 끌렸다. 그러면 언제까지나 내게 진실하게 다가와 함께 할 수 있을 거라 믿었다. 점점 날씨가 풀리고 있는 계절이었다. 일 끝나는 시간이 늘 10시이기에 쉬는 날을 서로 맞추었다. 겨울보다 더 시카고 곳곳을 놀러 다니기 쉬웠다. 낚시를 정말 싫어하지만 그가 좋아하는 낚시도 했다. 그래도 난 호수를 좋아하니 바라보는 재미가 쏠쏠했다. 아직은 보조 셰프이지만 요리에 타고난 소질이 있었다. 한번 먹어보면 들어간 재료를 알고 혼자 해보곤 했다. 때론 엄마처럼 요리를 해서 싸주었다. 내가 혼자 지내다 보니 먹는 것도 챙겨주고 신경써주었다. 이런 세심한 배려 하나하나가 내가 더 그를 바라보게 했다.

누구는 무엇 때문에
사람을 만나고 결혼을 하고
누구는 무엇 할 때가 되서
그 무언가를 하고

내 나이 30.
좋은 사람을 만나고 사랑하게 되고
어떤 이유도 없이 그 사람 하나 보고
사랑하나 믿고

세상 두려운 것 하나 없고, 별 어려움 몰라서
다들 안정을 찾아갈 때 모험하고 사서 고생하는 발걸음 내딛어
20대에 공부하고 경험했던 일들이
30인 지금 그것들이 다 무엇이냐며
아무 상관없는 일 하고 있다.
입에 풀칠이나 하는 정도
내 미래와는 전혀 상관없이 오늘 하루 살아가는 정도로 보이는 일들

나란 사람 어떤 사람이기에

거칠어 보이는 풍랑 속을 어제도 오늘도 내일도
지나가고 있다.

답이 없는 삶이지만 그렇다고 막 살 수는 없는 게 또 삶이고
다른 사람들 그렇게 산다고 나도 맞춰 살려니 어떻게 해야 되는지 또 모르겠
고……

30살에 살면서 가장 행복한 순간들이 많아졌다. 하지만 여전히 학업과 장래
를 걱정하며 내 마음속에 어두움이 공존하고 있었다. 이 행복한 순간들도 내가
내 모습대로 살 수 없다면 물거품처럼 사라져 버릴 수 있다. 실패. 누구나 할 수
있다. 학교도 반년 정도밖에 다니지 못하고 이렇게 있을 바에 한국에 돌아가서
다시 빨리 시작해서 자리를 잡는 편이 앞으로 더 나을 수 있다는 생각도 들었
다. 인정하자. 학교에 돌아가거나 한국에 가서 다시 시작해보거나. 돌아가는
것은 세상 사람들의 눈치 때문에 부끄럽긴 하지만 괜찮다. 나는 도전해보았고
실패해보았다. 언제나 최선을 다해서 나아가 보았기에 얻어진 근력이 있을 거
라 생각했다. 동시에 두려웠다. 이 사람을 놓치고 싶지는 않았고 지금의 행복
을 깨고 싶지는 않았다.
어느 때와 같이 일이 끝나고 밤에 데이트를 했다. 캄캄한 밤인데 내가 좋아
하는 글렌코 비치에 나를 데려갔다. 어두워서 호수는 보이지 않았지만 달빛은
호수를 비추고 있었다. 기타 소리가 들렸다. 에릭의 차는 짐칸이 큰 차였다. 트
렁크가 열린 채 그 곳 가득 풍선이 있었다. 가운데 케이크와 반지가 있었다. 청
혼. 귓가에 종소리가 울려 퍼지고 호수 위 달빛은 눈부시게 반짝거리고 있었
다.

물거품 같은 결혼

    30살에는 결혼을 해야 한다. 고교 3년은 평생을 좌우한다는 말이 20대를 졸졸 쫓아다닌 것처럼 사회에 어딘가에서 나에게 주입해준 결혼이라는 굴레가 나를 따라다녔다. 한국에 돌아간다는 마음은 접고 미국에서 계속 살 생각을 시작하게 되었다. 마침 옆에 남자도 있고 결혼을 하자고 한다. 그도 아무런 준비는 되지 않았다. 한국에 돌아갈지도 모르는 내가 불안했던 모양이다. 어느덧 여름도 지나가고 있었다. 9월. 한국에 계신 부모님께 전화했다. 결혼하겠다고……. 그는 영주권을 신청하고 기다리는 상태여서 미국 외로 나갈 수가 없다. 그래서 여행 삼아 내가 있는 시카고로 와서 그를 보기를 요청 드렸다. 미국을 몇 번 와서 볼 만큼 집안 형편이 되는 것은 아니었다. 보러 가는 것은 말이 안 된다 면서 결혼을 반대하고 나섰다. 1월에 학교로 다시 돌아가는 게 좋겠다고 하시면서 졸업할 때까지 모든 지원을 해주시겠다고 하셨다. 재정적인 문제

가 가장 컸던 터라 솔깃했다. 그래도 넘어갈 수는 없었다. 부모님의 상황을 가
장 잘 아는 내가 눈 딱 감고 학교에 다니기에는 마음이 편치 않았다. 그리고 학
교를 선택하고 그를 포기해야 하는 상황도 싫었다. 둘 다 잡을 수 있을 거라 믿
었다. 그래서 부모님을 설득하기 시작했다.

　그도 하던 식당일을 그만두고 부모님께 가서 부탁을 드렸다. 원래 보험회사
와 연계해서 주택 외부 공사를 하는 일을 했었다. 대충 끼워 맞추면 나는 설계
전공, 그는 건설 전문가라고도 할 수 있겠다. 부모님이 보험회사에서 일이 들
어오는 것에 따라서 어느 지역이고 직원들과 함께 파견을 나가서 일하셨다. 겨
울에는 주로 시카고에 계시고 보통은 타지에 계셨다. 그도 알고 보니 그 일을
했었고, 올해 처음으로 모든 것으로부터 독립해서 나와 살면서 다른 일을 시작
했다고 한다. 그래서 모아 놓은 돈도 없었고, 불안정한 직업 탓에 결혼 허락이
쉽지 않았다. 부모님과 함께하던 일은 벌이가 좋아서 공사가 없는 겨울에는 쉴
수 있는 장점이 있었다. 그도 나를 위해서 눈 딱 감고 아버지께 가서 부탁을 드
렸더니 흔쾌히 받아들이셨다. 재혼해서 살고 있었던 터라 그는 어머니라고 불
러본 적이 없었다. 하지만 나를 데리고 다니면서 처음으로 어머니라고 부르기
시작했다. 그 덕에 그의 집에서는 결혼을 대찬성 할 수밖에 없었다.

　자식 이기는 부모 없다고 했던가. 한국에 계신 부모님으로부터 연락이 왔다.
1월에 학교를 가야 하니 결혼을 할 거면 올해 안으로 하고 부모님이 오신다는
것이었다. 기뻤지만 마음이 편하지는 않았다. 평소 소규모 결혼식 지향자도 아
니었고, 온 친척들 다 불러서 큰 결혼식을 꿈꾸던 내가 직계 가족만 불러서 작
은 결혼식을 해야 할 처지였다. 비자 문제도 걸렸다. 그가 영주권자 자녀 자격
으로 영주권을 신청해 놓은 터라 혼인 신고를 할 경우 자격이 박탈된다. 다시
영주권을 신청해야 하는데 기혼자녀의 경우 해당이 되지 않는다고 한다. 생각

지도 않은 날벼락이 떨어졌다. 결혼식을 해도 몇 년간은 혼인신고 없이 지내야 한다고 말이다. 아직도 인생의 많은 것들이 혼란한 상황에서 혼인신고도 하지 못하는 결혼을 해야 한다니 눈앞이 캄캄했다. 결혼식을 했는데 결혼을 안 한 것처럼 지내야 하는 건지 이해가 가질 않았다. 이런 상황에서 부모님의 비행기 표 발권이 완료되고 오시는 날이 다가왔다.

아름답고도 잔인했던 10월. 나의 비슷한 또래의 사촌들이 모두 이즈음에 결혼했다. 나도 덩달아 하게 된 것인지는 모르겠지만 엄마가 시카고에 도착했다. 반갑고 미안한 마음으로 맞이했다. 억지로 허락을 하시긴 했는데 그는 마음에 들어 했지만, 여러모로 상황이 다 불편하신 듯했다. 그래서 나와도 같이 시간을 보낸 만큼 싸웠다. 나도 확신이 없었다. 혼인신고, 비자, 학업, 미래 등의 불안감이 뒤덮였다. 드레스를 고르고 사진촬영을 하고 결혼식장을 꾸미기 위해 교회 친구들이 두 손 들고 도와주었다. 한국에 있는 친구들에게도 알리고 축하를 받았다. 다들 하는 결혼식이라고는 하지만 한 사람의 인생에 있어서 큰일이긴 한가보다. 넘치는 관심과 축복을 받으면서 10월을 보냈다. 곧이어 아빠와 동생이 왔다. 오랜만에 새로운 식구가 포함된 가족이 시카고 곳곳을 누비면서 추억을 쌓았다. 동생이 미대 나온 덕에 결혼식 소품들을 꾸미는데 도움을 받았다. 나를 축하하기 위해 축가까지 불렀다. 4학년 2학기라서 바쁠 텐데 기꺼이 달려와 주었다.

인생에서 특별한 사건이 생기면 가장 나의 가까이에 있는 사람이 보이게 된다. 가족. 그리고 친한 친구들. 멀리서나마 자기 일처럼 기뻐하고 슬퍼해 주는 사람들. 그 기쁨을 안고 새로운 출발 길에 나섰다. 감사의 뜻으로 부모님을 미서부 여행을 보내드렸다. 돌아오시고 다음 날 한국으로 떠나셨다.

공항으로 가려고 집을 나서는 새벽. 문제가 발생했다. 에릭은 간밤에 발작을 일으켰고 열이 펄펄 끓고 의식을 차리지 못했다. 그래도 부모님은 가셔야 했기에 간절히 기도를 해주시고는 떨어지지 않는 발걸음이지만 내디뎠다. 우리는 서로 괜찮은 척하고 헤어졌다. 집으로 돌아와서 그의 부모님께 연락하고 병원에 갈지 말지 하다가 그가 깨어났다. 괜찮아 보였다. 그래서 근처 고모님 댁에 식구들이 모두 모이기로 해서 그를 데리고 갔다. 몸은 그였지만 눈빛은 그가 아니었다. 큰어머니께 '지난번 김치 잘 먹고 있어요'라고 했다. 큰어머니는 '그래'라고 대답했지만 눈을 동그랗게 뜨셨다. 나를 한번 보시더니 '쟤 어디 아프니?'라고 물으셨다. 나는 모르겠다고 대답했다. 정말로 몰랐으니까. 고모님 댁에서는 그나마 괜찮은 편이었다. 집으로 돌아와서 콧노래를 흥얼거리며 내내 웃음을 짓고 있었다. '내가 하나님을 만났어! 아프던 왼쪽 다리가 깨끗이 나았어! 기적이야! 기적!' 이라고 소리치면서 펄쩍 뛰기까지 했다. 아버지께도 전화해서 갑자기 전도하기 시작했다. 나는 조용히 간절히 바랐다. 오늘밤 무사히 지나가게 해달라고…….

정신없는 상태가 이틀 정도 가더니 괜찮아지는 듯했다. 곧 오하이오 주로 일을 하러 떠나야 했다. 걱정이 되어 같이 갔다. 휴가를 받아서 결혼식을 한 터라 더 이상 쉴 수 없었기에 일을 하러 갔다. 일 현장에 다 와 가서 휴게소에 들렀다. 나를 그곳에 두고 가겠다는 것이다. 역시나 다시 눈빛이 달라져있었다. 돌아버리겠더라. 실랑이 끝에 내가 운전대를 잡았고 얌전히 같이 가는 듯했으나 펑펑 울기 시작했다. 급기야 핸들까지 잡아 고속도로에서 급정차를 하고 갓길에 세웠다. 이상해 보였는지 경찰 몇 대가 왔다. 정신없어 보이는 그를 심문하더니 마약을 한 줄 알고 차 곳곳을 뒤졌다. 별 이상이 없어서 운전 조심하라는 경고를 주고 보내주었다. 일단 일꾼들이 있는 현장이나 집에 가야 할 것 같았다. 혼자서는 감당이 되질 않았다. 정신을 잡고 조심히 운전해서 숙소에 도착했다. 아무도 없었다. 집에 들어가자마자 혼자 다시 시카고에 가야겠다고 난리를 쳤다. 가는 길을 막아섰다. 나를 밀치고 때렸다. 나를 가두고 혼자 차를 타고 나갔다. 한바탕 난리가 나는 듯해 보였는지 이웃에서 경찰에 신고했나보다. 경찰과 우리 일꾼들이 동시에 도착해서 나를 찾았다. 나는 아픈 몸을 붙잡고 현관으로 나가 억지웃음을 지으며 무슨 일로 왔냐고 되물었다.

밤이 어두워졌다. 혹시 사고가 나지 않았나……. 지역 뉴스를 틀어서 보고 있었다. 전화벨이 울렸다. 그다. 울면서 미안하다고 한다. 자기를 데리러 와달라고 부탁한다. 어딘지도 모르겠고 어떻게 왔는지도 모르겠다고 한다. 근처 간판을 읽어보라 했더니 어느 식당이름을 대었다. 구글 검색을 해보니 식당이 열 개가 넘는다. 가던 길에 떠오르는 것은 없는지, 주변에 다른 특이한 것을 말해보라며 설명을 들었다. 수사 경찰을 해도 되겠다. 일꾼들 차를 타고 구글 사진을 살피면서 한 곳을 정해서 갔는데 그의 차가 보였다. 그 옆에 한 건물이 문이 열린 것을 보았다. 그 빛이 새어나오는 곳으로 따라가 보았다. 그곳은 웨딩홀이었다. 결혼식장 안에 앞쪽 가운데 단상 앞에 무릎을 꿇고 앉아있는 그가 보였다. 조심스레 그 옆으로 다가갔다. 결혼반지가 성경책위에 올려져있었다. 나에게 사과를 한다. 모든 것이 제정신이 아니었고, 본인이 아니었다고 한다. 기억이 잘 나지 않는 것도 있고 왜 그런 상태였는지 알 수 없다고 한다. 처음 보이는 증상에 스스로도 너무 놀랐다고 한다. 용서해달란다. 다시 여기서 약속을 하고 함께 하는 미래를 그려보자고 한다.

미안하다. 사랑한다. 영화에나 나올 법한 끔찍하고 아름다운 일들이 동시에 펼쳐졌다. 나도 잘 모르겠다. 하지만 나도 그를 사랑한다. 모든 게 무섭고 끔찍한 일투성이다. 이런 일들을 본 적도 들은 적도 없어서 어떻게 해야 하는지도 모르겠다. 물어볼 곳도 없었다. 부모님께는 절대 비밀이다. 어쨌든 내가 해결해봐야 한다. 사랑. 책임감. 이 둘로 무엇을 할 수 있는지는 모르겠지만 우선은 다독거리며 일어난다. 그도 그에게 일어난 일들에 대해 받아들일 시간이 필요할 것 같았다.

예쁘게 쌓아올렸던 해변 가의 나의 성이 파도에 휩쓸려 무너져 내린다. 파도의 거품과 함께 스르르 조금씩 사라져가고 있다. 낭만적으로 보이던 해변 가는 무서운 파도로 나의 아름다운 성을 덮어버렸다. 반석 위에 지어진 줄 알았던 성은 모래 위에 지어진 모래성이더라. 이전에 찬란하게 빛났던 우리의 웃음 가득한 얼굴이 사라져갔다. 어느 순간부터 거울을 보지 않고 멍하니 지내기 시작했다.

사라져버린 꿈

교통사고가 났다. 오하이오에서 시카고로 돌아오던 길에 피곤하다며 운전을 해달라고 했다. 괜찮은 줄 알았다. 그래서 내가 운전대를 잡고 그를 오래 알아 왔던 목사님 댁으로 가는 길이었다. 오하이오에서 있었던 일에 대해서 상담을 받고 싶어서 집으로 바로 가지 않았다. 거의 다 와 가서 그가 갑자기 핸들을 확 꺾었다. 순간 고속도로에서 갓길을 지나 들판으로 미끄러져 내려갔다. 어딘가에 부딪혀서 차가 멈췄다. 가슴이 철렁 내려앉았다. 달라진 눈빛이지만 이상하리만큼 놀라지 않은 표정이었다. 그가 다 끝났다며 차에서 먼저 내렸다. 곧 경찰들과 구급차가 모여왔다. 목사님도 비슷한 시간에 도착하셨다. 차가 그대로 미끄러져서 내려와서 다친 곳 하나 없었다. 그는 경찰들과 이야기를 하다가 순간 들판으로 도망쳐 달렸다. 미국은 경찰들이 총을 쏠 수 있기에 겁이 났다. 영화에서 보던 추격전을 방불케 했다. 몇 명의 경찰들이 쫓아가서 그를 잡았다. 그대로 그는 구급차에 실려 근처 정신병원에 강제입원이 되었다. 나는 목사님의 차를 타고 목사님 댁으로 갔다. 사모님과 딸이 하나 있었다. 나를 따뜻하게 맞아주셨고, 7살 딸아이가 선뜻 자기 방을 내어주었다. 에릭 삼촌이 아프다고 하니 슬퍼하면서 나를 위로해주었다. 다음날 목사님과 함께 병원에 가보았다. 담당 의사도 만나보니 정신과 기록은 처음이라 우울증 등의 초기 증상일 수 있다며 며칠 지켜보다가 퇴원시킨다고 했다. 나의 말을 알아들은 건지 생각을 안 하는 건지 모르겠다. 오하이오에서 있었던 일을 모두 듣고도 별일이 아니라는 식으로 넘기고 약 처방과 시카고 우리 집에서 가까운 병원을 소개해 주었다.

전문의의 소견이기에 그러길 바라면서 퇴원해서 집으로 갔다. 내 눈에는 그렇게 보이지는 않지만, 그 의사의 말대로 별일이 아니고 일시적인 현상이라고 믿고 싶었다. 내가 상상하던 결혼생활을 되찾고 싶었다. 하지만 현실은 달랐다. 집으로 와서 한동안 쉬어야 했다. 멍해 보였다. 곧 새 학기가 시작된다. 학교에 가기 시작하면 그를 혼자 두어야 하고, 더는 신경 쓰는 일이 없어야 학업에 집중할 수 있다. 첫 학기 학점이 좋지 않아서 이번에는 꼭 3점 이상을 받아서 대학원 생활을 계속할 수 있다는 것을 보여주어야 한다.

두 번째 학기가 시작했다. 그의 차가 수리중이라 내 차로 그가 등, 하교를 시켜주었다. 애써 웃음 지어보려 했고, 연애하는 기분 난다며 달콤한 말들도 해보려고 노력했다. 일하지 않고 쉬는 것도 그에게는 힘들어 보였다. 일 년 만에 학교로 돌아가니 새로운 얼굴들에 적응해야 했다. 작년의 친구들은 모두 나보다 한 학년 위로 올라가서 이따금 반갑게 인사하고 시간을 보냈다. 첫 주를 무사히 보내나 싶었다.

하지만 주말에 그에게 일이 잡혔다. 오하이오주에 또 다른 일이 생겨서 가보아야 한다고 연락이 왔다. 걱정되는 마음에 주말 동안 다녀올 수 있을 것 같아서 따라나섰다. 그의 상태는 괜찮아 보였다. 하지만 이번에는 더 큰일이 났다.

그가 잠깐 조는 사이 표지판을 살짝 치고 운전대의 조절이 불가능해진 것 같았다. 내 옆 유리가 깨지면서 나는 정신을 잃었다. 잠시 후 캄캄한 어둠 속에 음악만 고요히 흘러나오고 있었다. 그는 펑펑 울면서 눈을 크게 뜨고 나를 이리저리 살피고 있었다. 안전벨트로 대롱대롱 매달려있었다. 차가 내 쪽으로 누워있었다. 창으로 밖으로 빠져나갈 수 있어 보였다. 정신을 차리고 밖으로 나갔다. 사람들이 우리를 둘러싸고 있었다. 곧 구급차가 도착해 우리를 싣고 병원으로 갔다. 골절상이 있을 수도 있으니 딱딱한 들것에 꽁꽁 묶인 채 그들이 끌고 다니는 대로 다녀야 했다. 하나, 둘, 셋, 병원의 천정등만 차례로 줄지어 보였다. 무슨 일이 일어난 건지 떠올려보려고 해도 잘 생각이 나질 않았다. 각종 검사를 하고 처치를 받고 퇴원했다. 얼굴에 몇 바늘을 꿰맸다. 오른쪽 차가 찌그러진 모양으로 다리를 다쳤다. 그는 다행히 다친 곳은 없어 보였다. 하지만 둘 다 산산이 조각난 유리를 온통 뒤집어쓴 탓에 제거하는 데 꽤 오래 걸렸다. 나는 머리가 길어서 더 많은 유리 파편들이 몸 곳곳에 박혀있었다. 퇴원 후 물건을 찾으러 견인된 차로 갔다. 아무도 믿지 않았다. 우리가 그 차 안에 있었다는 것을. 왜냐하면 차가 캔 찌그러지듯 찌그러져 있었기 때문이다. 차가 탁구공처럼 튀면서 굴렀다고 한다. 기적과 같은 일이 일어났다. 내가 살아있다. 어디 하나 부러진 곳 없이……

오하이오에서 시카고로 돌아오는데, 몇 주 걸렸다. 시카고에 돌아와서도 치료를 받아야 했다. 그 과정에서 학교는 한 달쯤 결석이 되었다. 물론 병가로 처리해주어 출석 인정은 받았으나 과제 제출 점수는 0점이었다. 대학원 수업은 출석만 한다고 되는 일이 아니다. 수업 능력 평가를 잘 받아야 한다. 또한 학점은 최소 3점을 받아야 다음 학기에 유급이 되지 않는다. 사실상 나는 출석 인정을 받기는 했지만, 지금부터 다녀도 유급 또는 퇴학될 위기였다. 아무리 사정을 해도 들어주지 않았다. 원칙 그대로 내게 적용된다고 했다. 하나님은 내 편이 아니었나. 지금까지 괜찮았던 그가 갑자기 눈이 돌아가면서 정신이 나간 행동을 했다. 계속 똑같은 행동을 반복하고 외계인이 된 듯한 말들을 쏟아놓았다. 모든 무거운 짐들이 내게로 쏟아져서 갇힌 기분이었다. 내가 할 수 있는 것은 아무것도 없었다. 아니, 단 하나 있었다. 학교는 어쩔 수 없이 흘러가 버렸고 그의 옆 내 자리를 지킬 것인가 말 것인가 에 대해서는 정할 수 있었다. 하지만 아직은 손을 놓을 수 없었다. 내게는 아무런 빛이 보이지 않았지만 그에게는 단 하나의 빛, 내 손 하나뿐이었다. 그가 나를 인식하든 못하든 그의 옆을 지키고 있는 것은 나밖에 없었다. 가족들도 점점 내게 짐을 지우는 듯했다. 책임감이 강한 편이었다. 미련할만큼 지켜야 한다고 생각하고 다른 사람들, 심지어 부모님께도 모든 일을 이야기 하지 않았다. 어느날 돌아보니 내 어깨와 등에는 많은 짐이 얹혀져 있었다. 어디서부터 왔는지도 모르게 나를 얽매고 있었다.

그는 정신병원에 입원 중이다. 재입원할 때마다 입원 기간이 길어진다. 나도 이제 슬슬 제정신이 아닌 것 같다. 울다가 웃다가 반복한다. 사고 났을 때 엄마가 걱정되어 나에게 와 주었다. 걱정하실까 봐 일자리도 구했다. 학교에 다니지 못하게 된 것도 괜찮다는 것을 보여주고 싶었다. 미국 생활을 본격적으로 시작할 수 있다며 일자리를 알아보다가 여행사에 취직하게 되었다. 이때는 내가 원하는 일 따위 고려대상이 아니었다. 매주 일정 수입이 중요했다.

그가 정신 이상 증세를 나타낼 때마다 이번이 마지막이라 믿고 또 믿었다. 하지만 점점 더 심해질 뿐이었다. 건강보험이 없어서 인지 수용시설 같은 병원에 입원해서 특별한 치료를 받는 것 같지는 않았다. 약만 꾸준히 복용하며 시간이 흘러갔다. 치료 중에는 의사도 만나보고 도움이 되는 것 같았지만 증세가 악화되고 있는 것을 보면 그렇지 않은 것 같다. 어느 날 식칼을 꺼내들고 나를 죽이려고 했다. 또는 내가 본인을 죽여주면 좋겠다고 했다. 그를 가장 잘 다룰 수 있는 것도 나였기에 조심스레 진정을 시키고 경찰을 불렀다. 담당 상담사에게도 전화를 걸어서 상황을 보고했다. 경찰이 왔고 그를 병원으로 데려갔다. 한동안 그의 부모님은 한동안 발길을 끊고 내가 모든 것을 해결하리라고 기대했었다. 바보같이 그냥 참고 있었다. '모르는 사람에게 봉사활동도 하는데 그는 그와 비교할 수 없는 존재 아닌가.'라는 생각에 잠시 사로 잡혔다. 이제 더는 어찌할 수 없었다. 나의 안전도 보장 되지 않는 채로 있을 수는 없었다. 제도적으로 경찰의 보호와 격리가 이루어졌다. 가까이 지낸 엄마 또래의 나의 친구가 흐린 판단력와 결정을 적극적으로 도와주었다. 그의 부모님을 부르고 나를 안전한 곳으로 피신시켜주었다. 그의 마지막 눈빛은 다른 사람이었고, 나를 알아보지 못했다. 이게 그와 나의 마지막이었다.

며칠이고 누워있었다. 처음에는 울었다. 그간의 모든 일이 꿈이길 바랬다. 그를 만난 첫 순간부터 지금까지 한여름 밤의 꿈처럼 물거품이었길 바랬다. 내게 일어난 일이라고 받아들일 수 없었다. 인정하고 싶지 않았다. 결혼, 학업 모두 이루고 싶었으나 모두 사라져버렸다. 처음부터 예고는 있었을 것이다. 내가 아무 생각 없이 선택한 작은 일들로부터 뻗어 나와 지금에 이르렀을 수도 있다. 살고 싶지 않았다. 더 내게 남은 것은 없는 것 같았다. 세상의 모든 절망이 내게로 쏟아져 나온다. 차에 뛰어들어 보기도 하고 베란다에 매달려보기도 한다. 엄마. 엄마가 모든 순간에 나타나 나를 잡았다. 모진 말도 스스럼없이 해댔다. 그러다가 또 며칠을 말 한마디 없이 울고 또 울었다.

회색빛의 구름이 하늘을 뒤덮은 어느 날 침대에 가만히 누워있었다. 아파트 베란다에 내가 기대어 서 있는 모습이 보였다. 나는 누워있는데 저기 서 있는 사람도 나였다. 일종의 환영인가. 내가 살아있는지 죽어있는지 또는 죽으려고 하는 건지 분간이 안 되었다. 이 상황이 되어서야 정신을 차리고 일어났다. 괜찮다. 다 괜찮다. 누군가와 헤어질 수 있다. 결혼식을 했다 하더라도 내가 모든 것을 떠안고 책임질 수는 없다. 애초에 내가 할 수 있는 일이 아니었음에도 잘 버티고 버텨주었다. 그도 알 것이다. 내가 늘 할 수 없는 것을 해내려고 했고 그를 꼭 지켜내고 싶었다는 것을······.

　모르겠다. 내가 왜 여기 왔는지 왜 지금껏 버티고 있었는지. 사람들이 괜찮다고 할 때 뒤돌아서 간다면 이것보다는 훨씬 가벼운 상처로 남겨져 있을 것이다. 하지만 내게 상처가 없는 곳이 보이질 않는다. 어떠한 일도 삶에서 일어날 수 있다. 그런데 그 일들에 대한 대처를 잘한 것인가. 왜 나만 이렇게 상처받고 웅크려있는지 모르겠다. 그의 부모님이 집요하게 찾아온다. 네가 언제 결혼을 했냐며 난리다. 집에 있는 물건들을 몽땅 가져갈 기세다. 피해 보상하라고 했더니 때릴 기세로 손이 올라왔다. 더는 내가 할 수 없는 상황에 치달아 경찰에도 신고하고 법원에 가서 접근 금지 명령도 신청해본다. 미국이라서 역시 절차가 까다롭다. 우선은 경찰이 경고를 하였으니 지켜보고 진행할지 결정하기로 했다. 찾아오지는 않았지만 변호사를 통해 직장에 편지를 보낸다. 그런 사람 없다며 돌려보냈다. 취업비자 없이 일하는 것을 알고 직장으로 보낸 거다. 최악의 상황이다. 이민자들이 그렇게 일하는 경우는 대부분이다. 치사하게 법적으로 괴롭힐 방법을 찾고 있는 모양이다. 마음이 아팠다. 저런 사람들이 그를 데려갔으니 제대로 된 치료를 받고 있는지도 모르겠다. 더욱이 그들 둘 사이에 6살 딸아이가 있어서 정신병자 오빠를 집에 들이고 싶지 않아 했었다. 처음부터! 걱정되거나 말거나 나는 할 수 있는 일이 없다. 가정폭력 피해자 신분으로 보호 받는 처지가 되어 그들로부터 떨어져 있을 수는 있었다.

　꿈이 사라졌다. 직업적 꿈도 내가 이루어갈 가족의 꿈도 사라져버렸다. 내 입가에 더는 웃음이 생기질 않았다. 해가 뜨는 날에도 밖은 늘 어두워보였다. 어둡고 컴컴한 방 안에 앉아 보내는 시간이 많아졌다. 내가 꿈을 품고 다가갈 수록 내게 꿈이 가시가 되어 나를 찌르는 듯했다. 컴컴한 우주에 혼자 덩그러니 떠있는 것 같았다. 내가 알던 세상은 모두 사라졌다.

제4장
다시 한국으로

어떻게 해야 할까

미국 생활은 나에게 잘 맞았다. 한국에서처럼 야근도 없었다. 저녁이 되면 식당 외에 갈 곳이 별로 없다. 그리고 치안 문제 때문에라도 혼자 나가기는 힘드니까 저녁에 집에 있어도 어쩔 수 없다며 혼자 위로 할 수 있다. 그리고 시카고에는 미국에서 3번째로 크다는 미술관과 실력 있는 오케스트라가 있다. 심심할 때면 몇 시간씩 좋아하는 그림과 음악을 들을 수 있다. 혼자 식당을 가도 괜찮다. 지나가다가 만나는 사람들과도 편안한 미소를 건네며 가벼운 인사말을 한다. 그럴 때면 '아직은 내가 살아있구나!'를 느낀다. 서울의 인파 속에서 종일 입 한번 떼지 않았을 때와 대조적이다.

쓸쓸함이 나를 둘러쌀 때면 어김없이 시카고 미술관에 간다. 모든 작품을 보려면 반나절은 걸린다. 구관과 신관으로 이루어져있는데 구관을 구경하고 나서 구관과 신관의 연결지점에서 따뜻한 커피와 샌드위치를 사먹는다. 앉아서 커피를 음미하며 신관의 창밖으로 보이는 밀레니엄 파크를 바라본다. 가끔은 이 시간이 영원했으면 한다. 다시 일어나 신관을 둘러본다. 관람 중 꼭 들르는 가장 좋아하는 장소가 있다. 샤갈의 '미국의 창'이라는 작품이 있는 곳이다. 전체적으로 파란빛의 스테인드글라스 작품이다. 시카고 미술관 어느 구석에 자리 잡고 있다. 그 앞에 앉아서 멍하니 바라본다. 어느 때는 창 밖에서 비춰 들어오는 빛이 투영되어 파랗게만 보이는 것을 바라본다. 어느 때는 그 유리창에 그려져 있는 여러 사물을 보면서 이야기들을 상상한다. 그 작품 앞에만 앉으면 멍하니 시간 가는 줄 모르게 앉아있다. 시카고의 공기가 유난히 더 차갑게 느껴질 때면 늘 샤갈의 '미국의 창'앞으로 가서 앉아 있었다.

시카고 미술관에서 건너편 길을 따라 조금만 내려가면 갈색 빌딩이 보인다. 시카고 오케스트라 홀. 아무 생각 없이 지나가면 사무실로 가득한 빌딩 중 하나라고 착각하기 쉽다. 미국처럼 투박하게 생긴 오케스트라 홀을 많이도 들락날락했다. 학생증이 있으면 특별할인 요금이 있어서 싼 가격에 티켓을 구매할 수 있다. 우리나라와는 달리 오케스트라 단원들의 연령이 많다. 위에서 보면 흰머리나 벗겨진 머리도 많이 볼 수 있다. 중후하면서도 위엄 있는 자태의 단원들의 연주는 황홀하다. 1891년에 탄생한 교향악단의 역사가 그대로 이어져 내려오는 듯하다. 클래식 공연을 이렇게 많이 본 적은 처음이다. 그 압도적인 매력은 말로 표현할 수가 없다. 그 깊이와 황홀감은 아직 잊히지 않는다. 지친 나를 늘 채워준다.

이제 학교도 일도 할 수 없는 상황이 되었다. 더 내가 시카고에 있지 않아도 된다는 말이다. 막상 이렇게 생각하니 놓지 못하는 것들이 많다. 사람들과 내가 좋아하던 취미생활들……. 한국에 지금 들어가면 다시 오기는 힘들 것이다. 이곳에 오기 위해서 열심히 했던 수많은 나날이 필름처럼 스쳐 간다. 쉽게 놓을 수가 없다. 기회의 땅이라며! 미국이! 하지만 여기서 살아남기 위해서 수많은 장벽을 넘어야 한다. 아님 무법자로 살아가거나……. 불법체류자. 많은 이들이 있다고는 하지만 내가 벌써 그렇게 살 수는 없었다. 다른 도시에 갈 방법을 찾아봤다. 하지만 꿈이 사라진 내게 아무 길도 보이지 않았다.

유럽 여행을 가볼까. 그간 유럽여행은 늘 꿈꿔 왔지만 한 번도 실행에 옮기지 못했다. 지금은 자유로이 어디든 갈 수 있으니 해볼 만했다. 그러나 어떠한 생각도 즉흥적이었고 엄마가 나를 보기에 너무 불안했다. 얼마 전까지만 해도 죽겠다고 여러 방법을 사용해보던 나였다. 그러니 타지에 또 혼자 보낼 수는 없었다. 결국 엄마랑 같이 플로리다로 가서 크루즈 여행을 떠났다.

엄마와의 첫 여행. 아무런 생각 없이 떠났다. 가서도 아무 생각을 하고 싶지 않아서 크루즈를 선택했다. 크루즈에 타기만 하면 모든 것이 해결된다. 목적지, 먹을 것, 숙소를 걱정하지 않아도 되고, 배 안에 수영장, 극장, 공연장 등 다양한 즐길 거리가 있어서 그냥 타기만 하면 된다. 하루에 한번 씩 캐리비안 해의 섬에 내려서 휴양도 할 수 있고 좋다. 밤에는 파티도 열린다. 그동안 엄마가 나 때문에도 힘들어서 좋은 추억을 쌓고 싶은 마음도 있었다. 하지만 내 속에는 증오, 화, 우울함으로 가득 차 있어서 툴툴 거리기만 했다. 싸우기도 하고 울기도 많이 했다. 다시는 가지 않을 곳으로 캐리비안 해를 정한 뒤 그곳에 힘든 과거의 문제들을 쏟아 버리고 오고 싶었다. 단숨에 그럴 수 있는 일이라면 참 좋겠다.

불현듯 밥을 먹다가 화를 내었다. 뛰쳐나가 어디론가 달려 나아가고 싶었다. 배 안이다. 어디도 나갈 수는 없었다. 돌아다니다가 극장에 다다랐는데 영화 상영 중이었다. 들어갔다. 컴컴한 곳 안에서 한참을 울었다. 무슨 영화였는지도 기억이 안 난다. 영화가 끝나고서야 엄마 걱정이 되었다. 그래서 방으로 돌아갔다. 내가 들어가니 엄마가 눈물을 훔치며 뒤돌아 앉아있었다. 미안함이 몰려왔다. 그러나 미안하다는 말조차 하기 민망했다. 이렇게 좋은 곳까지 와서 엄마를 더 힘들게만 했다. 아무 말 없이 옆에 앉아있는데 배가 바하마 섬에 정박한다는 방송이 흘러나왔다. 침묵이 깨지고 나갈 채비를 했다. 섬으로 가서 억지웃음을 지으며 사진도 찍었다. 날씨가 흐렸지만 기분 좋은 척하면서 바다에 나가서 놀았다. 그래도 조금의 효과가 있는 듯하다. 원인과 결과를 따지면서 잘못을 인정하고 사과를 하면 무엇 하리. 마음은 상했고 끄집어낼수록 밑도 끝도 없이 나의 이야기들은 어두울 뿐이었다.

배로 다시 돌아가 저녁을 먹기 위해 드레스를 차려입었다. 코스 요리가 나오는 식당으로 갔다. 분위기도 좋고 맛있는 코스 요리에 다시 진짜 웃음이 찾아왔다. 디저트까지 먹고 기분 좋게 별을 보며 배 위를 산책했다. 곧이어 파티 시간이 돌아왔다. 할머니 할아버지들도 많이 나와서 앉아있었다. 근사한 옷을 차려입은 채. 디제이가 무대에 나와 신나는 음악을 틀어준다. 댄스 무대에는 사람들이 나와서 제각각 볼품없는 춤을 추지만 상관없다. 신나고 재미있으면 된 것이다. 한창 신이 났을 무렵 '강남스타일'이 흘러나오기 시작했다. 디제이도 '강남스타일'을 한국어로 또박또박 외치면서 흥을 돋운다. 곧이어 말춤이 시작된다. 신기한 눈으로 배의 사람들의 둘러보니 모두가 말춤을 춘다. 심지어 할아버지, 할머니들도 뛸 수는 없지만, 의자에 앉아서 팔은 말춤을 신나게 춘다. 캐리비안 해 위에서 '강남스타일'이라니! 가장 신나야 할 시간에 가장 인기 있는 곡을 틀기 마련이다. 남녀노소, 나이 불문하고 모두 말춤을 춘다. 얼핏 봐도 소수의 동양인 중에 한국인은 우리 둘뿐이다. 어깨를 으쓱거리며 말춤을 따라 춘다.

순간 모든 문제를 잊은 나를 발견했다. 내게는 웃음이 찾아오지 않을 것 같은 숱한 절망감에 시달렸다. 하지만 그건 내 생각의 틀이었다. 아침에 바다의 지평선위로 해가 뜨는 것을 보았다. 내가 바라보는 장소가 달라졌지만 해는 어디서나 똑같이 붉게 타올랐다. 곧 하늘 위로 올라와 세상을 비춘다. 나의 문제들도 해처럼 동일한 것일까. 그에 따른 나의 감정은 무수히 많지만, 나의 힘들었던 일들은 해처럼 정확히 설명할 수 있고 일어났던 사실이다. 바다 위에 떠오르건 건물들 위에 떠오르건 무슨 상관이랴. 어차피 금세 하늘 위에 떠서 세상을 밝히는 해이다. 내가 달리 일출을 달리 바라보는 것일 뿐이다. 나의 이전의 모든 시간이 없어질 수는 없다. 이따금 나를 힘들게 할 수도 있다. 실제로 있었던 일이니까. 오늘도 해는 어김없이 뜨는 것처럼 나를 둘러싸고 있다는 것을 인정할 수 있을까? 자신은 없지만 해보자.

비자 문제도 불투명하고, 막상 편하게 가 있을 곳도 없던 미국에서는 떠나기로 마음먹었다. 한국 집으로 돌아가서 쉬고 싶었다. 하지만 모든 것을 실패한 채 고향으로 돌아가기는 쉽지 않다. 그리고 주변 어른들의 가십거리가 되고 싶지 않다. 겨우 잊어보려고 노력하는 중이었다. 오가다 만나면 무슨 말을 어떻게 해야 되나 싶었다. 사람들은 내가 결혼해서 잘 살고 있는줄 알고 있었다. 엄마가 자꾸 미국에 가는 것은 내가 임신을 해서 그런 것일 수 있다는 소문도 돌고 있었다. 부모님은 일언 무구하셨기에 더더욱 소문은 실제와는 다른 내용으로 퍼졌다. 이 모든 일을 설명할 필요는 없지만 돌아가서 혼자 잠깐 쉬러 온다고 할 수는 없었다. 그러나 내게는 아무런 힘이 없었다. 당장 오늘 밥을 먹을 힘도 없었기에 혼자 미국에 남겨지는 것은 가족들에게 더 큰 걱정거리가 되었다. 그래서 짐을 정리하기 시작했다. 모든 물건을 중고장터에 내어 놓고 팔았다. 돌아갈 편도 비행기 티켓 값은 모였다. 내 짐들은 고스란히 들고 엄마와 함께 한국행 비행기에 올라탔다. 구름 위에도 해가 같은 모습으로 떠 있었다.

2010년 7월 15일. 시카고로 오던 비행기 안의 내가 떠올랐다. 나의 슬픔을 다시한번 구름위에 올려본다. 희망과 기쁨으로 가득 차 있던 내게 슬픔과 눈물이 가득 차 있다. 태평양 위에도 보내어본다. 아직은 환하게 웃고 있던 나로 돌아갈 수는 없다. 하지만 그때의 나도 '나'이고, 지금의 나도 '나'이다. 언젠가 그때로 돌아갈 수 있을까? 나는 어떤 모습이 될까? 슬픔만 실은 채 집으로 돌아오는 길은 상상해 본 적이 없다. 성공을 안고 돌아가는 모습을 늘 그리고 있었다. 13시간이면 한국에 도착하는데 이상하게도 끝나지 않는 24시간이 반복되면서 한 달이 지나가는듯한 느낌이 들었다. 잠에 들지도 못한 채 멍하니 몸을 비비 꼬며 자리에 앉아 있었다. 상처받았던 말 한마디 한마디를 곱씹으면서 원망을 해본다. 분노의 감정과 함께 떠오르는 한 사람, 한 사람을 떠올리며 원망을 해본다. 하면 할수록 내 마음은 지옥이 된다. 울분이 터지고 화가 치밀어 오른다. 어두웠던 기내와 달리 창밖은 내내 밝았다.

다시 일어날 수 있을까

떨리는 마음으로 집 문 앞에 섰다. 아빠가 어느 때보다도 환영하고 안아주신다.

'수고했다. 내 딸아!'

집은 여전히 아늑하고 포근했다. 오래간만에 푹 잤다. 무슨 이유인지는 모르나 통통 부은 턱과 목은 아직도 가라앉지 않았다. 건강검진을 하러 갔다. 아무런 이유를 찾지 못했고, 스트레스 때문에 면역력이 떨어져서 림프선 부종으로 보인다고 했다. 그냥 쉬면 되는 구나. 집으로 돌아오는 길에 아직도 사용가능한 미국에서 쓰던 핸드폰으로 전화벨이 울렸다. 한국 온 지 딱 하루 지났는데, 고향에 있는 소영이의 목소리가 흘러나왔다.

"언니야, 잘 지내나?"

"응. 그게……."

"왜? 무슨 일 있나?"

"나 사실은……."

침묵 1분, "한국이야, 지금……."

"뭐?"

"이따 오후에 우리 집으로 와."

우리 집은 상가건물이다. 집으로 쓰는 공간은 일층의 뒤쪽 절반을 사용한다. 그래서 낮에도 작은 창으로 빛이 들어오는 게 전부다. 어두움 속에 내가 앉아 있고, 소영이가 들어온다. 4년 만이다. 반갑다. 나는 힘들어도 힘든 내색을 하지 않는다. 힘든 이야기도 멀리서는 걱정만 끼칠까 봐 삼켰다가 그 시간을 견디고서야 이야기를 털어놓는다. 그래서 소영이는 그간의 나의 삶을 전혀 알지 못했다. 하지만 어느 순간부터 힘든 내 모습을 영상통화로 지켜보면서 무슨 일이 있는 것 같은 느낌만 든 채 걱정하고 있었단다. 나 같은 성격이 우울증이 잘 걸린다고 미국에서 내 주변에서 도와주던 분들이 얘기 좀 하라고 걱정하며 나무라셨다.

한 시간 정도 요약해서 내 이야기를 털어놓았다. 소영이의 눈에 눈물이 고였다. 그 시간을 함께하지 못함에 미안함과 나에 대한 걱정과 슬픔이었다. 나도 미안했다. 잘 지내지 못해서, 잘 해내지 못해서 미안했다. 나의 사랑하는 모든 사람에게…….

집 안의 나만의 동굴로 들어갔다. 세상 사람들을 볼 수 없게……. 건강이 좋지 않던 터라 햇볕 좋은 낮이면 엄마와 함께 집 근처로 등산하러 다녔다. 내가 아무리 얼굴을 가려도 동네 사람들이 엄마를 알아보고서는 아는 척을 했다. 하루는 친구의 엄마이자 엄마의 친구이기도 한 분이 못 가게 길을 막아선다.

"한국에는 언제 왔니? 혼자 왔니? 왜?"

질문을 쏟아 놓으신다. "아, 예……."하고 돌아서 가려는데 뒤통수에 대고 자꾸 물으신다. 일부러 더 큰 소리로 그러시는 것 같았다. 점점 더 다른 사람을 피하게 되어갔다. 집에서 며칠을 누워있기도 하고, 종일 드라마 보기를 하기도 했다. 종종 부모님께서 방문을 열어보시고, 매일 두어 차례 식탁에 먹을 것이 차려져 있다. 한 번씩 소영이가 집으로 오면 간만에 이야기도 했다.

조부모님은 딱 한 분 살아계신다. 친할아버지. 거제도에 계신다. 몇 년 만에 한국 온 터라 엄마, 동생과 함께 거제도로 놀러 갔다. 할아버지도 아빠와 마찬가지로 아무 말 없이 안아주셨다. 그리고 간만에 할아버지와 함께 배도 타고 섬에 놀러 갔다. 같이 다니면서 사진도 찍고 즐거운 시간을 보냈다. 어느 순간에 차에서 할아버지와 나 둘뿐이었다. 아무도 없을 때 당사자인 나에게 물어보셨다.

"왜, 무슨 문제가 있드나?"

나의 답변을 들으신 후 "괜찮나? 괜찮다! 아무 일 없었던 것처럼 잘 살면 된다."

격려해주셨다. 내가 집안의 첫 손주라 애착이 많이 가시는 것 같다. 내가 한국에 돌아왔다는 소식을 듣고 나를 만날 때까지 밤에 잠을 제대로 못 주무셨단다. 내가 미국에서 그 사람과 같이 찍은 사진들을 족보처럼 보관하고 있었다고 하셨다. 이제 다 없애도 되겠냐며 나에게 허락을 받으신 후 마당으로 가서서 불에 다 태워버렸다. 늘 자랑스럽지만, 늘 걱정도 앞서는 첫 손주는 상처투성이로 돌아왔다. 내 이야기 대신 할아버지가 살아온 이야기를 들려주셨다. 9시가 되면 한밤중이 되시는데 새벽 3시까지 나를 곁에 두셨다.

집으로 돌아와 여전히 내 방에 들어가서 오랜 시간을 보냈다. 가족과 친구들은 여전히 내 주변을 오가며 나를 지켜보았다. 어느 날 식욕이 돌고 거실로 나가는 시간이 늘어갔다. 여전히 나는 울고 싶은 마음이 많이 들었다. 누워만 있는 시간이 더 많았다. 전 보다는 좀 더 거실로 나가는 시간이 늘었다. 캄캄한 내 방안에서 언제까지나 쉬고 싶은 마음도 있었다. 나는 아프니까……. 하지만 나는 아프지 않다. 내가 '아파서 계속 쉬고 싶다'라고 생각하는 순간 나는 더 이상 아픈 사람이 아니다. 마음이 아프건 몸이 아프건 진짜 아플 때는 아프다는 생각할 겨를이 없이 아프다. 시간이 흐르면서 나는 상처를 내밀고 그 뒤에 숨어가고 있었다.

혼자 있는 시간이면 에릭과 함께 했던 즐거운 순간이 떠올랐다. 웃고 있는 나와 그의 얼굴이 떠오른다. 다른 사람의 눈빛과 표정을 짓는 그도 떠올랐다. 그가 세상에서 가장 사랑한다는 나의 손 외에는 잡을 손이 없었다. 그를 돕고 싶었다. 가족과 상처 입은 사람들을 전문적으로 도와주고 싶다는 생각이 들었다. 내가 미국에서 정신 병원을 오가면서 봐온 사람들이 떠올랐다. 보통 한 두 번의 입원으로 완치가 되질 않는다. 병원에 한 달 동안 입원해 있으면서도 의사들의 관심을 제대로 받지 못한다. 국가 운영의 병원이었던 터라 주 몇 회 배정된 시간에 의사들이 들락거리던 격리 병원이었다. 우리 사회는 아직 그렇지 않지만, 미국의 경우 사보험이 없으면 병원의 문턱이 높아서 제대로 된 치료를 받을 수 없을 때도 많다. 특히 생사를 오가는 사고나 암 환자는 무료 의료서비스도 제공하지만 그 수가 적고, 정신질환을 가진 사람들은 예산을 투자해 정신 병원에 격리하여 관리하도록 되어있다. 내가 몇 달간 다녀본 결과는 자살 방지 차원에서 좋긴 하지만 완전한 치료를 목적으로 본다면 좋은 시스템은 아니었다. 누구도 정신질환자가 완치될 것이라고 기대하지는 않는 것 같다. 치료기간이 길어질수록 가족들도 하나 둘씩 떠나간다. 환자들은 입, 퇴원을 반복하면서 직장에서도 쫓겨난다. 정신질환자의 경우 환경이 나빠질수록 치료는 더 힘들어진다. 더 이상 완치되어야 할 목적이 사라지기 때문이다. 사랑하는 사람도 떠나고, 일할 곳도 없어져서 생계도 힘들어지면서 정신을 놓고 격리 병동에서 사는 게 나은 편이라고 생각하기 시작한다. 그 때부터 질병은 더 악화되기 시작하는데 이미 정상적인 사고를 할 수 있는 상태가 매우 줄어든 때로 접어든다. 이렇게 장기 입원환자가 된다.

도와주고 싶지만, 한계가 있었다. 제한된 방문시간에 매주 방문해서 이야기를 나누는 것밖에 할 수 있는 게 없었다. 한국에 와서도 우연히 공황장애를 앓는 친구를 봤다. 평소에는 특이점이 없어 보이는데 어느 날 카페에서 일하다가 숨이 넘어가는 것을 보았다. 황급히 가족에게 전화했는데 응급처치를 알려주고 집으로 가서 쉬게 하였다. 알고 보면 주변에도 마음이 아픈 사람들이 많았다. 관심이 없을 때는 보이지 않았었는데, 몇 년간 약을 먹으면서 생활을 하는 사람도 있었다. 희미하게나마 '내가 공부해서 이런 사람들을 도우면서 치료해 주면서 살 수 있지 않을까'라는 생각이 들었다.

태어나서 단 한 번도 의사를 꿈꿔본 적 없다. 모두가 하고 싶어 하는 직업을 가지고 싶지 않았고, 관심도 없었다. 나만이 할 수 있는 것을 찾아 헤매다가 잡학 다식한 것을 좋아하고 예술적 감각기 있는 내게 딱 맞다고 생각한 직업이 건축가였다. 그런데 의사라니! 내 스스로도 이해가 되지 않았다. 그리고 의사는 인풋 대비 아웃풋이 적은 것 같다. 적어도 내 생각에는! 제대로 된 월급을 받을 때까지 10년이라는 시간이 걸리고 그 이후에도 일하면서 계속 공부해야 한다. 전문직이고 사회적 위치가 좋고, 돈도 많이 번다고는 하지만 난 결단코 부러워한 적도 없고 하고 싶다고 생각해본 적이 없다. 의사 마누라는 해보고 싶다는 생각은 가끔 했지만 말이다.

그런 내게 아픈 사람들에 대한 애정과 관심이 생겼다. 어쩌면 내가 사랑하는 사람의 손을 눈 감고 놓아주어야 했을 때의 아픔과 미안함이 나의 발목을 잡는 것인지도 모른다. 이유야 어찌 되었건 나는 의대를 가야겠다는 마음을 먹게 되었다. 속으로 되뇌며 밖으로 표현하기는 어려웠다. 생각할수록 자신도 어이가 없었기 때문이다.

새로운 인생을 살고 싶다. 더 이상 지금의 상처투성이인 내가 아닌 다른 나로 살고 싶었다. 그러면 내게도 다시 행복이 찾아올 수 있을까 하는 바램에서였다. 그렇다면 과거의 아픔을 계속 생각나게 할 수도 있는 정신과 의사를 꿈꾸는 것은 어불성설이었다. 하지만 나는 하고 싶었다. 나의 아픔보다도 그들의 아픔을 다루어주고 싶었다. 내가 해도 되지 않을까? 나는 의사가 되어서 출신 양명하고 싶지도 않고, 단지 아픈 사람들에게 다가갈 수 있는 전문적인 직업을 갖고 싶다. 남들보다 좀 늦어도 시작해도 되지 않을까? 새 삶을 살고 싶은 나에게 새로운 도전은 성공하든 실패하든 중요한 것이 아니었다. 방바닥에 늘 널브러져 있던 내가 마음의 불씨를 키워서 새로운 것을 해본다는 것에 의의를 둔다면 다시 일어설 힘이 되지 않을까 싶었다.

건축가와 의사는 사람들의 삶의 질에 관심을 둔다는 점에서 비슷하다. 건축가는 사람들의 안락한 생활공간을 연구하고 설계 한다. 의사는 사람들의 건강과 질병에 대해 연구하고 치료한다. 사람들을 위한 일을 한다는 점에서 꽤 공통점이 많다. 나는 다양한 사람들에 대한 이해와 그들의 행동 패턴에 따른 삶의 방식을 잘 이해해 왔을까?

새로운 시작

갑작스레 짐을 챙기기 시작했다. 의학전문대학원 진학을 위한 MEET(의학입문 교육 검사 시험)을 준비하기 위해서 알아봤는데 대부분 학원이 서울에 있었다. 대구, 부산 등 큰 도시들은 있지만, 집에서 다니기는 힘들기에 서울에 이모네 집에 있으면서 학원에 다니기로 했다. 서울에 도착한 바로 다음 날이 학원 종합반의 첫 개강일이었다. 무슨 과목으로 구성되어 있는지도 몰랐다. 생물, 화학은 들어본 적 있지만, 전혀 어떤 내용의 과목인지 몰랐다. 고교 시절에 배운 것 같은데 기억이 나질 않았다. 건축과라서 이과라고 생각하지만 나는 고등학교 때 문과반이었다. 심화 과학 과목들은 배운 적도 없었다. 그래서 종합반을 신청했다. 모든 스케줄이 짜여있고 관리해주기 때문이었다. 배울 책도 모두 제공하여 주니 따로 어떤 수업을 듣고 책을 선택해야 하는지 생각할 필요가 없었다. 편하게 수험생활을 시작하는 듯했다. 종합반에만 들어가면 척척 해결

될 수 있을 줄 알았다.

학원에 도착해서 수강 등록을 하고 책을 여러 권 받아들고 배정된 강의실로 갔다. 자신감 없는 태도와 같이 어중간하게 보일 듯 말 듯 한 자리에 앉았다. 수업이 시작되었다. 교수님의 첫 마디부터 알아듣기 힘들었다. 생물의 기초는 알고 시작한다고 생각하시고 수업이 진행되었다. 이리저리 둘러봐도 난감한 표정은 나밖에 없는 듯했다. 점심을 먹고 화학 수업이 시작되었다. 나만 모르고 세상 모든 이들이 아는 듯한 xx 법칙들을 말씀하시면서 그 법칙에 대한 정의는 없이 수업이 진행되었다. 조용히 휴대폰을 꺼내서 구글 검색을 하였다. 그러다 보니 수업의 대부분은 놓치고 있었다. 어차피 다 들었어도 '소귀에 경 읽기'였다. 열심히 하루를 보냈지만, 머릿속에 남는 것은 하나 없이 어렵고 복잡한 심경으로 집으로 돌아갔다. 그다음 날도 마찬가지였다. 이모네서 같이 살면서 직장생활을 하고 있는 동생과 수업이 끝나고 저녁을 먹었다. 며칠이 지나도 무슨 말인지 하나도 모르겠다고 투덜거렸다. 동생이 잘 생각해보고 일찍 결정을 하는 게 좋다고 했다. 그만둬도 괜찮다는 말인가. 서울까지 용기를 내서 왔는데, 쉽지가 않았다. 수업을 계속 듣기는 했지만, 그냥 듣는 수순이지 이해하는 수준은 아니었다. 주말에 일주일간 들은 수업을 복습 동영상을 통해 다시 보았다. 역시나 잘 모르겠다. 하지만 해내야 할 것 같은 생각이 들었다. 전공 말고 다른 일을 하려고 결심했을 때의 마음을 떠올렸다. 그리고 어떤 일을 하더라도 처음에는 모두 힘들 것을 알았다. 되든 안 되든 끝까지 해보자고 마음을 굳게 먹고 학원에 다녔다.

학원이 이모네와 한 시간 거리였다. 하루 종일 공부해도 시간이 모자랐다. 마침 첫째 사촌언니의 남편, 큰 형부가 학원 근처가 회사라고 한다. 매일 아침 차타고 출근하니 같이 가자고 하셨다. 완전 땡큐지요! 이모 집과 언니 집은 10

분 거리라고 괜찮다고는 하시지만 미안했다. 아침에 십분은 오후의 한 시간과 맞먹는다고 생각한다. 나도 별 방법은 없으니 감사히 큰 형부와 함께 등원을 했다. 역시나 출근길의 교통체증이 심해 한 시간 걸렸지만 대중교통의 한 시간과는 질적으로 달랐다. 아침에 피곤함을 덜 수 있을 만큼 잘 수 있었고, 못다 한 책을 보며 공부량을 보충했다.

매일 출근길에 라디오를 들었다. 형부가 매일 들으시는 채널이었다. 매일 한 사연씩 골라서 사연을 읽고 사연을 보낸 사람과 전화 연결을 해서 퀴즈를 내었다. 퀴즈를 맞히면 상품권 10만 원을 보내주었다. 퀴즈가 끝난 후 사연과 함께 온 신청곡을 틀어주었다. 한 번도 당첨되어 본 적은 없었지만, 형부와 출근길에 사연을 쓰기 시작했다. 벚꽃이 피기 시작할 무렵이었다. 형부와 매일 카풀을 하는 사연을 쓰고 끝에 '벚꽃이 지기 전에 꼭 들려주세요. 벚꽃엔딩을 신청합니다.'라고 썼다. 벚꽃의 한정적인 시간을 잘 활용한 것일까? 남들보다 조금은 늦게 수험생활을 시작한 내가 안타까워 여서 일까?

어느 때와 다름없이 책을 열심히 보고 있었다. 집중하느라 라디오가 틀어져 있는지도 몰랐다. 갑자기 형부가 '처제! 전화 빨리 받아!'라고 했다. 핸드폰을 보니 02-xxx-xxxx가 떠서 전화가 울리고 있었다. 동시에 라디오에서 내 사연이 읽히고 있었다. 다급히 전화를 받았다. 곧이어 사연이 다 소개가 되고 디제이와 통화가 연결되었다. 짧은 대화 끝에 퀴즈가 나왔다. 특정 연도를 제시하면서 그때 어느 군대에서 쓴 비행기 이름을 물어봤다. 내가 알 리가 없다. 형부를 애절하게 쳐다봤다. 하하하. 답을 말했다. 정답!

전화는 종료되고 디제이가 '아실 리가 없을 텐데 형부가 가르쳐 줬나 봐요. 어쨌든 축하드립니다.'라고 하며 벚꽃엔딩이 흘러나왔다. 이런 행운도 찾아오다니. 나의 등원을 모두가 축하해주는 것 같았다. 곧이어 집으로 상품권 오만 원권 두 장이 배달되었다. 형부에게 감사의 표시로 한 장, 나도 필요하니까 한 장을 나눠가졌다. 이렇게 소소한 추억거리를 쌓으면서 1월부터 8월까지 형부와의 동행은 계속되었다. 가끔 형부의 도착 전화에 다급히 깨서 세수 안 한 채로 뛰어 내려간 적도 있다. 막냇동생으로 생각하면서 데리고 다니면서 아낌없이 격려해준 형부에게 아직도 감사하다.

즐거웠던 등원 길과 달리 학원에서는 괴로움의 연속이었다. 한 달이 지나도 수업을 제대로 이해하기 힘들었다. 두 달이 다 되어가도 이해하려고 노력했지만 되지 않았다. 마음은 점점 다급해져 갔다. 사람은 끼리끼리 모인다고 누군가 그랬다. 어느새 내 주변에는 문과 출신에 외국에서 좀 살다가 온 애들끼리 모였다. 수업을 알아들을 수 없다는 고민을 나누면서 꿈을 나누며 꼭 의학전문대학원에 진학하자고 결의하고는 했다. 나도 이해 안 되고, 너도 이해 안 되니 다행이었다. 나처럼 수업 따라가는 게 힘든 사람이 있다는 것이 수험생활을 하는데 위로가 되었다. 서로의 시간을 아껴주고 공부하라고 채찍질하면서 버텼다. 서로 수업을 못 따라가는 것을 알기에 점심도 늘 도시락이나 아침에 학원에 들어오면서 사 온 도시락으로 때웠다. 휴식이 필요할 때 30분 정도의 시간만 정해서 학원근처에 문구점에 가서 펜이나 노트를 사거나 카페에 가서 커피를 반도 마시지 못한 짧은 시간 내에 나와서 학원으로 돌아왔다. 다시 공부했다. 책을 볼 때마다 나의 지식 습득 능력 부족의 한계에 다 달아서 자주 괴로워했다. 하지만 해내야 했다.

반 학생들이 조금씩 줄어들고 있었다. 나도 그러고 싶은 마음이 굴뚝 같았다. 하지만 나이를 허투루 먹은 게 아니었다. 그냥 무식하게 버티기로 했다. 앞에서 두 번째 자리에 앉기 시작했다. 어디서나 마찬가지로 공부 잘하는 애들은 앞쪽에 포진되어 있었다. 그래서 쉬는 시간을 이용해 질문을 쏟아내었다. 한

명한테만 물어보기는 좀 미안해서 여러 명에게 질문을 했다. 그러다 보니 자연스레 친해지고 좋았다. 한두 명씩 학원에서 사라져갈 때 나는 더욱 앞으로 나아가 살 방도를 찾았다. 우리 반에서 가장 성적이 잘 나오는 친구들을 사귀었다. 같이 밥도 먹고 공부도 하면서 과학적 사고를 배워나갔다. 필요한 기초지식도 쌓아나갔다. 점점 수업이 귀에 들리기 시작했고, 이해되기 시작했다. 그러나 그것도 잠시였다. 어느새 8월이 되었다. 시험일이 코앞에 다가왔다. 자신은 없지만, 시간의 흐름에는 장사가 없다. 때에 따라 해야 할 일은 해야 한다.

시험 날. 잠도 잘 자고 컨디션도 좋았다. 기분 좋게 동생이 시험 잘 보라며 학교까지 데려다줬다. 열심을 다해 풀었다. 시험이 끝났다. 그다지 홀가분하진 않았지만, 이제는 내가 할 수 있는 일이 별로 없었다. 지원할 수 있는 학교를 알아보고 선생님과 상담을 해보았다. 내 성적으로는 지원하는 것은 내 자유이지만 갈 수 있는 곳이 없었다. 사실 기대할 것도 없었다. 이미 시험을 보러 갈 때 어느 정도의 실력인지 나 스스로 알았다. 그래도 혹시나 하는 마음에 원서를 낼 수 있는 만큼 내고 짐을 챙겨서 집으로 내려갔다.

이렇게 나의 새로운 시작은 주저앉게 되는가? 절망스럽기도 하고 내가 할 수 없는 일을 무모하게 도전하는 것인지에 대해 고민하고 후회하였다. 내가 진짜 의사가 하고 싶은지 의구심도 품어보면서 주저앉아 있었다. 나와 비슷했던 친구들은 다시 공부를 시작했다. 학원에 다시 다닐 형편도 안 되어서 다시 준비하고 싶지만, 고민이 많이 되었다. 친했던 친구 중에 성적이 잘 나와서 합격한 애들이 있었다. 그들의 도움으로 필요 책들과 도움이 될 만한 책을 받게 되었다. 공부 방법을 알려주며 꼭 할 수 있다는 격려도 해주었다. 수업을 들었던 교수님께도 연락을 드려서 사정을 얘기하니 기초 공부에 필요한 자료들을 집으로 우편으로 보내어 주셨다. 여러 도움의 손길로 인해 다시 공부할 수 있게 되었다. 지난번의 복습 동영상도 기간 내에 이론 부분을 다시 보면서 공부를 했다. 여전히 어려웠다. 할 수 있을까? 8개월을 고군분투해서 겨우 수업을 들을 수 있는 수준이 되었다. 생물, 화학 전공자들도 재수 또는 삼수하는 판에 나같이 생판 초짜가 덤벼들기에 쉬운 일이 아니었다.

정말로 시작은 시작일 뿐이었고, 달걀로 여러 번 바위를 치는 꼴이었다. 하지만 이상하게도 문과 학생들 중에는 종합반 내에서 선전한 편이라 이번에는 되지 않을까 하는 마음이 생겼다. 그리고 힘든 과정을 수없이 넘어서 겨우 꿈을 마음에 품고 나섰는데 쉽게 포기가 될 리가 없었다. 집에서 생활하면 생활비로 덜 들고 책등의 수업료도 최소한으로 줄였으니 다시 해봐야겠다는 마음을 먹었다.

학원에서 새로운 친구들을 사귀면서 지금의 나의 모습 그대로로 살 수 있어서 좋았다. 새로운 시작을 하는 듯했다. 이전의 어떠한 편견도 없이 수험생인 나로 보고 열심히 노력하는 언니, 누나로 보이는 게 좋았다. 새로운 출발에 원동력이 되었다. 하지만 집으로 내려와서는 모든 세상의 편견에 귀를 닫아야 했다. 유학 가더니 집에 와서 왜 또 도서관 다니면서 저러고 있냐는 소리도 들었다. 한없이 위축되었다. 도서관을 오갈 때도 모자를 쓰고 다니고, 교회에 가서도 뭐 하느냐고 하면 과외 한다고 했다. 아직 땅속에 씨앗으로 있는 나의 꿈을 벌써 짓밟히게 하고 싶지 않았다. 그리고 평가받고 싶지 않았다. 누구도 나를, 나의 꿈을 평가할 수는 없다. 삶은 개인의 몫이다. 함께 사는 사회이지만 건물의 한 기둥처럼 나는 굳건히 내 삶을 살아내야 한다. 그 옆에 함께 서 있는 사람이 '너는 왜 그런 모양을 하고 서 있니?' 하고 물을 자격은 없다. 기둥이 그 역할을 다한다면 그 모양은 제각각이어도 상관없다. 가끔 주저앉을 때 힘을 더해주고 도와줄 수 있지만 나무라고 제거해버릴 수는 없다.

또다시 시작

도서관 앞에 4층 빌라가 하나 있다. 도서관이 바로 보이는 일층에는 소영이가 살고 있다. 내가 기억이 있는 모든 순간에 존재하고 있는 동생이다. 나만큼이나 한곳에 머물지 않고 다니고 있었는데, 이상하게도 인생의 시계가 잘 들어맞는다. 즉, 내 고향 오천에 있을 때는 소영이도 꼭 돌아와서 있다. 입신양명해서 꼭 떠나자고 발버둥을 쳐도 다시 돌아오게 한다. 이것이 고향의 묘미인가? 우리는 일종의 늪이라고 생각했다. 소영이는 중국에서 돌아와서 공부방을 차렸다.

본격적으로 공부를 시작하기에 앞서 크리스마스가 다가왔다. 소영, 옆집 동생 지혜, 희영, 그리고 공부방 아이들이 모여 크리스마스 파티를 열었다. 공부방을 크리스마스 장식으로 꾸미고, 풍선을 불어서 파티룸 느낌이 나게 했다. 딸기, 바나나, 각종 음료수, 피자, 너구리 라면을 준비했다. 피자와 너구리 라면의 조합이 이상하게 느껴지나? 달달한 꿀에 찍어 먹는 고르곤졸라 피자와 얼큰한 너구리라면을 함께 먹기 시작하면 끝이 나질 않는다. 단맛, 짠맛의 반복으로 입 안의 즐거움이 지속되었다. 또띠아 위에 피자 재료를 올려서 오븐에 굽고, 가스레인지에서는 라면을 끓인다. 그 맛에 헤어 나올 수 없어서 열 번 이상 반복했었다. 배불리 먹고 수다 떨면서 얼마나 웃었는지 모른다.

도서관 바로 앞에서 소영이의 공부방은 나의 수험생활에 소소한 행복을 주었다. 공부를 하다가 커피 브레이크가 필요한 때이면 어김없이 찾아간다. 맛있는 것이 있을 때면 언제나 나를 불러주기도 한다. 학원에서 도움을 받다가 혼자 시작해야 해서 걱정을 많이 했었다. 긴 마라톤에서 혼자 몇 시간이고 뛴다고 생각하면 어떨까? 아마 완주하지 못할 것이다. 어느새 목표를 잃어버릴 수도 있고, 갈증과 고통에 시달리다가 포기할 수도 있다. 나의 수험생활도 지치지 않게 도와줄 피스메이커가 있었다. 가끔 영화도 보러 나가고 일요일 오후가 되면 송도해수욕장 앞에 있는 카페에 가서 맛있는 커피를 마시며 수다를 떨었다.

나의 또 다른 피스메이커가 있다. 고교 동창 지선. 공무원 시험 준비를 하고 있었다. 이곳저곳 다니는 것을 좋아한 터라 집 근처 도서관 외에 포항공대 도서관 이용권을 신청했다. 주 2~3회는 지선이와 함께 공대 도서관을 갔다. 대부분의 학창시절을 지곡이라는 동네에서 보내서 학창시절의 친구들은 포항공대가 있는 지곡 근처에서 살고 있고, 어릴 적 고향 친구들은 오천에 있다. 각자 다른 공부를 하지만 둘 다 열심히 해야 하는 것은 똑같다. 아침에 도서관에서 만나서 커피를 같이 마시지만, 각자의 책을 열심히 보았다. 12시가 되면 어김없이 배에서 꼬르륵거리니 조용히 눈빛 교환 후 도서관 밖으로 나간다. 수험생활의 가장 큰 즐거움은 식도락이다. 도서관 근처에 있는 시장, 우리가 학창시절을 보냈던 그 시장. 꼭 고교 시절로 돌아간 것 같았다. 같이 공부를 하고 맛있는 것도 먹고 시시콜콜한 이야기로 휴식을 취하다가 이내 도서관 제자리로 돌아간다. 다시 공부. 매일 똑같은 일상의 반복이지만 혼자일 때 보다는 둘일 때가 즐겁다. 공부를 하다보면 시험일이 코앞으로 금방 다가오는 듯하나, 매일 아침 찾아오는 오늘이라는 시간은 더디게 간다. 그 어느 때 보다도 시간을 쪼개어서 계획을 세우고 공부량의 목표를 세운다. 매일 반복되다 보니 때론 지루함으로 더디게 가는 것 같다. 일주일에 한두 번씩 휴식이라며 놀다가 보면 그다음 날도 공부하기 싫어진다. 다른 때보다 천천히 아침에 일어나서 하루를 시작하게 된다. 남들은 내가 34세에 수험생활을 시작하니 공부하는 것을 꽤 좋아한다고 한다. 그다지 틀린 말은 아니지만 그래도 노는 게 더 좋은 건 어쩔 수 없다.

매일 7시 또는 더 일찍 일어났다. 8시까지 도서관으로 갔다. 아마 7시에 도서관을 오픈했다면 그때까지 갔을 것이다. 아빠가 출근하시는 길에 따라나서서 도서관에 도착했다. 자리를 잡고 앉았다. 하루의 시작 기도를 간단히 하고 책을 폈다. 월요일 아침에는 주간 계획을 세웠다. 매일 들어야 할 수업 분량, 복습량, 추가 공부해야 할 것들을 자세히 써놓았다. 8시에 도서관에 도착해 들고 간 커피를 마시면서 수업을 듣기 시작했다. 10시가 되면 도서관이 문을 받는다. 걸어서 집으로 가서 드라마나 예능 프로그램 하나를 보면서 실내 자전거를 탔다. 운동으로 스트레스도 풀리고 체력도 길러지는 것 같아서 매일 똑같이 했다. 가끔 피곤해서 쉴 때도 있었지만 교과서 같은 운동의 효과는 정말 있었다.

지선이는 6월에 시험을 쳤다. 내 앞에 빈자리가 더 크게 느껴졌다. 그래도 어쩔 수는 없다. 이제 난 발등에 불 떨어진 상태였다. 7월이 냉큼 다가왔고, 그동안 괴로워하던 시간도 아깝고, 매 주말은 놀러나 간 시간도 아쉽다. 그래도 시계는 정확히 1분에 60초, 하루에 24시간 흘러갔다. 어김없이, 단 한 번도 쉬거나 느리게 흐르는 법 없이 흘러갔다. 공부 시작할 때부터 책, 자료, 수업까지 주변의 도움이 있었다. 종합반에서 공부하던 때보다는 책과 수업이 부족했다. 비싼 학원비 때문에 작년에 배운 기억을 끄집어내서 하고 있었다. 7월이 돼서 그동안의 공부를 요약, 정리하고, 모의고사 형태로 문제를 반복적으로 많이 풀어봐야 했다. 하지만 역시나 기본 이론이 부실했다. 올해는 수업을 알아들을 수는 있었으나 중요 내용만 외우고 있었다. 대학과정은 기본이고 그 외의 내용들까지 범위에 들어가니 역시나 나에게는 쉽지 않은 내용이었다. 하지만 잘 마무리를 해야 했다. 생물, 화학, 유기화학, 물리, 통계. 이렇게 5과목이었다. 생물은 1교시, 나머지는 2교시에 모두 시험을 본다. 내 자신의 실력을 누구보다 더 잘 알기에 많이 걱정되었다. 시험 날짜가 다가올수록 손에 책이 잡히지 않았다. 매일 달력을 넘기면서 한숨을 내었다.

애타는 수험생의 마음도 모른 채 8월 23일. MEET 시험일이 되었다. 대구에 있는 경북대학교에서 시험을 치렀다. 새벽 일찍 ktx를 타고 동대구역에 도착해서 택시를 타고 고사장으로 갔다. 아침부터 택시 아저씨가 응원을 해주었다. 의학전문대학원 시험 볼 정도면 천재임이 틀림없다며 시험 전부터 기분을 띄워 주었다. 기분 좋게 시험장에 도착하니 학부모들의 차량으로 붐볐다. 평균 20대 후반의 수험생들인데 수능 고사장 앞을 방불케 했다. 미국에서도 살다 온 나로서는 이해가 안 되는 풍경이었지만 왠지 모를 쓸쓸함과 대견함으로 고사장을 들어갔다. 9시에 시험이 시작이지만 대부분 8시에 고사장을 들어와 있다. 대학교 강의실에서 앉아 있으니 내년에는 의과대학 강의실에 앉아있는 내 모습을 상상해보면서 시험의 시작을 기다렸다. 감독관들이 들어오고 신분 확인을 하였다. 좀 더 긴장되기 시작했다. 1교시 100분 동안 생물 40문제를 풀어야 한다. 한 문제당 문제가 길었다. 잠깐 난감했지만, 선택의 여지가 없으니 풀기 시작했다. 아직 6문제는 남았는데 1분 전이란다. 젠장. 일단 대충 찍어서 마킹을 하고 있으니 미국 교도소에서 울리는 소리가 들린다. 삐. 감독관이 전원 중지하란다. 삐 소리를 들으면 누구나 깜짝 놀랄 것이다. 부드럽게 '시험이 종료되었습니다. 수험생 여러분들은 필기구를 놓으시고 제자리에 있어 주세요'라고 방송을 해주면 참 좋을 텐데 무서운 경고음이었다. 이윽고 2교시가 시작되고 역시나 시간이 모자라서 물리는 많이 찍었다. 시험이 끝나면 홀가분하다고 하지만 찝찝함을 안고 나왔다. 아침의 차들이 줄지어서 학생들을 실어가고 있었으나 나는 터덜터덜 차들이 나가는 쪽으로 걸어서 나갔다. 한참 걷다 보니 택시가 보여서 곧장 동대구역으로 다시 갔다.

기차에서 창밖을 바라보았다. 창에 비친 어두운 내 그림자 너머로 맑고 밝은 하늘이 보였다. 그간 안달복달하며 준비했는데 불과 몇 시간 내에 평가받는다. 나에게는 여러 장점이 있다고 보여주고 싶지만 단 몇 시간의 기회 뿐 이다. 돌아가는 발걸음은 무거웠지만, 내일은 오랜만에 늦잠을 잘 수 있다는 생각에 마음은 홀가분했다. 넋 놓으면서 텔레비전을 보다가 늦게 잠들었다. 늦잠을 자고 싶었으나 습관이란 건 참 무서웠다. 7시에 눈이 그냥 떠졌다. 다시 잠이 오질 않아서 멍하니 있다가 아침밥을 먹고 하루를 시작했다. 매일 할 것이 쌓여있었는데 갑자기 없으니 허전하기까지 했다. 책 보는 게 지긋지긋하고 문제 푸는 것은 스트레스만 쌓이게 했는데도 말이다. 점심시간 한 시간에 먹던 음식은 무엇이나 맛있고 나를 즐겁게 해주었는데 시험이 끝나니 별 감흥이 없었다. 먹는 것도 귀찮을 때가 있어서 거르기도 했다.

이상한 일이다. 하루 중에 가장 즐거운 시간이 사라졌다. 시간에 쫓겨서 넉넉하게 쉬지 못했었는데, 오히려 시간이 많아지니 나의 점심시간도 더 이상 특별하지 않았다. 그동안 보고 싶어도 안 보고 참았던 드라마도 안 보고 그냥 무료하게 시간을 보내고 있었다.

사는 게 이런 것일까? 시간이 늘 같게 있었지만, 수험생활 중에는 하나하나 모두 귀하게 여겼다. 시험이 끝나자 시간은 하찮게 여겨졌다. 하루 24시간 이 내에 내가 해야 할 일이 갑자기 없어졌기 때문이다. 그토록 소유하고 싶었던 여유로운 시간은 가지고 나니 멋진 물건이 가득 찬 것처럼 내 안에 여유가 넘 치고 흘렀다. 더 이상 어떠한 일도 값지지 않아졌다. 하루의 계획표가 빽빽하 던 때에는 가난한 사람처럼 점심시간 이후 따뜻한 햇볕을 맞으면서 공원에 앉 아 쉬는 상상을 품으면서 다시 책상 앞에 앉았다. 이 시험만 끝나면 모두 누릴 수 있다고 위안하면서……. 친구들의 전화에도 못 나간다고 바쁘다고 대답하 면서 시험이 끝나고 끝도 없이 놀 것이라는 위안으로 견뎠다. 막상 시험이 끝 나니 주변의 모든 것이 똑같이 굴러갔지만 내가 바라보는 태도가 달라졌다.

매일 느지막이 일어나서 천천히 아침 겸 점심을 먹고 햇살 좋은 마당에 나가서 책을 읽는다. 때론 영화도 보고 낮잠도 잔다. 그간 만나지 못했던 친구 들을 만나기도 했다. 순간순간 소소한 즐거움이 있긴 해도 수험생활 때와는 비 교가 안 되었다. 삶에 대한 태도도 이와 마찬가지일까? 내가 원하는 것을 이루 고 있을 때는 그 감사함을 느끼지 못한다. 미국에서 혼자 있을 때는 가족도 그 리워하고 친구들도 그리워했다. 외로웠다. 막상 집에 돌아오니 그리움은 사라 져버리고 가족들과 별 것 아닌 일들로 다투고 얼굴을 붉힌다. 인생의 어느 때 이든 수험 생활 중 식도락을 느끼면서 짧고 짜릿한 즐거움을 느낀 것처럼 그렇 게 살 수 없을까? 행복은 바라지도 않지만 소소한 즐거움 정도는 그 맛을 잃지 않고 늘 간직했으면 하는 바람이다.

포기할까

성적이 발표되었다. 좋지 않다. 전혀 경쟁력 없는 점수였다. 하늘이 노래졌다. 원서는 써봐야 하는 건가? 원서비도 비싸서 망설여졌다. 봉사활동도 많이 하고 미국 대학원까지 합격한 이력이 있는데도 별 소용이 없는 듯했다. 수시 지원을 했으나 1차 불합격이었기 때문이다. 수시 지원은 MEET 점수는 마지막 선발 과정에서 필요하고, 1차 합격을 위해서는 이력을 본다. 서류점수, 공인 영어 점수, 학부 때의 GPA를 평가해서 선발한다. 수시모집에서 떨어졌다는 것은 내다 의학전문대학원에서 원하는 이력을 가지고 있지 않다는 뜻과도 같다. 물론 학부 때 평점이 낮아서 떨어진 것일 수도 있다. 하지만 서류에서 점수를 잘 받으면 보강할 수 있었을 텐데 그러지 못했다. 그래서 나는 더욱더 MEET 고득점이 필요했었는데 고득점은커녕 평균점수도 나오지 않았다. 해서 안 되는 것도 있구나 싶었다. 때로는 포기하는 것도 답이라고 들었다. 정말 이쯤에서 포기해야 할까?

　살면서 무엇인가를 포기해본 적이 별로 없는 것 같다. 집안에서 첫째로 태어나서 모든 관심을 한 몸에 받으며 살아왔다. 친지 중에 아들이 많았던 터라 딸이라고 귀하고 예쁘게 대해줬다. 80년대에 태어난 대부분의 아이는 남아선호사상 아래서 자랐지만 우리 집은 달랐다. 장자에 대한 특별대우는 성별이 상관없었다. 그렇게 나는 첫째로써 부족함 없이 자라왔다. 30살 즈음에 건축 공부를 포기해야 했고, 평생 함께 하고 싶었던 남자의 손을 놓칠 수 밖에 없었다. 어쩌면 건축공부는 그동안 하는 게 맞는 건지 의문을 계속 품고 있었는지도 모른다. 나의 건축에 대한 꿈과 좀 더 맞는 학교로 진학했으면 어땠을지 모르겠다. 이것도 내 삶이다. 내가 만나게 된 학교, 사람들로 인해 결정하게 된 일들이 또다시 내 삶을 이루어 나가고 있었다. 아직은 받아들이기가 쉽지 않다. 내가 포기한 것이 아닐 수도 있다. 하지만 그 원인은 더 이상 중요하지 않다. 지금 내가 힘들고 슬퍼하고 있다는 것이 중요하다. 나의 감정, 나의 상황들이 나를 둘러싸고 있다. 아무것도 보이지 않고 넘어진 것인지, 주저앉아 있는 것인지, 서 있는 것인지 구분이 되질 않는다. 하도 캄캄해서 아무리 둘러보아도 보이지 않는다.

　원망하기 시작했다. 여기까지 오면서 있었던 일들을 떠올렸다. 졸업하고 곧장 취직을 해야 했나. 캄보디아를 가지 말았어야 했나. 캄보디아를 다녀와서도 기회는 있었다. 다들 자기 자리를 찾아서 갔다. 나 또한 마찬가지였다. 그런데 어느 날 대학원에 합격하고 그 길로 떠났다. 도착해서 행복해하던 기억은 잠시였다. 학업에 대한 수많은 질문이 쏟아져 내렸고 결국 해답을 찾지 못한 채 떠났다. 사랑하는 사람을 만나서 세상 최고로 받을 수 있는 대접은 다 받았다. 그러면 무엇 하리. 최악의 사건들도 어김없이 뒤따라 왔다. 정말로 각자의 인생

박스에 불행과 행복의 공이 같은 비율로 가득 차 있는 것일까? 그렇지 않은 것 같다. 내게는 행복의 순간보다 불행하고 괴로운 시절이 더 깊고 깊었다. 아직도 캄캄한 동굴 속을 헤매고 있는 기분이었다. 언제부터 동굴에 들어왔는지 기억도 나질 않았다. 원래 살았던 것처럼 살고 있었다. 이전보다 더한 쓰나미가 몰려왔다. 햇빛이 거의 들어오지 않는 컴컴한 방안에 누워있었다. 낮인지 밤인지 모른 채 살아갔다. 방 안에서 축 늘어져 있었다. 이따금 소영의 방문 외에는 철저히 혼자 있었다.

슬픔이 넘쳐서 흘러나오고 있는 걸까? 원망하면서도 행복했던 때를 그리워했다. 아직은 어느 때를 떠올려도 머리가 핑 돌고, 귀가 먹먹했다. 어느새 뺨이 축축하고 눈앞이 흐려진다. 좋았던 일은 다시 내게 일어나지 않을 것처럼 어둡고 캄캄함만이 나를 둘러싼다. 두려움이 짓눌렀다. 나빴던 일은 그 기억 자체로 상처를 다시 덧나게 하는 듯 했다. 세상과 등 진채 홀로 방 안에 있으면서도 위로 받고 싶었다. 내 이야기를 들려주고 싶었다. 하지만 전화기를 들어서 번호를 누르고 통화할 용기는 나지 않았다. 나 말고 모든 사람이 다 행복해 보였다. 힘들다고 투덜거려도 잠깐의 푸념 정도로만 들렸다. 직장 생활을 하는 친구가 회사에서 있었던 일들을 얘기하면서 힘든 내색을 하면 다닐 직장이 있어서 좋겠다고 했다. 결혼을 앞 둔 친구가 남자친구에 대한 불만을 털어놓으면 결혼 할 수 있어서 좋겠다고 했다. 종종 연락되지 않고 두문불출하는 사람이 되어갔다.

원망의 불똥은 부모님께로도 향했다. 모든 결정은 내가 했었으나 한국에 같이 와서 있었으면 좋겠다고 부모님이 한 말을 가지고 트집을 잡기 시작했다. 미국에서 혼자 뭐라도 하고 있었으면 누구의 눈치도 볼 필요 없이 편했을 거라며 툴툴거렸다. 괜히 한국에 와서 이런 시험 준비나 하고 나이만 먹고 있다고 소리쳤다. 말도 안 되는 말이었다. 집에 와서 편하게 지냈으면서도 말은 거꾸로 나왔다. 지금까지 미국에 있었다면 계속 허드렛일 신세였을 거다. 비자 문제도 걸리고 식당일이나 괴로워하던 사무직 일을 하면서 월세도 겨우 내면서 살았을 것이다. 꿈은커녕 당장 내일 걱정하면서 하루를 보냈을지도 모른다.

나 스스로에게 화가 난 것이었는데 내 주변에 있는 사람들에게 원망했다. 세상에서 나만 가장 힘들고 상처받은 사람이라고 생각했었다. 나보다 더 상처받고 힘들어했을 부모님께 더 상처를 줬다. 평온하던 그들의 삶에 내가 온갖 돌들을 매일 퍼부었다. 내가 힘들 때 나 혼자 있었는지 알았는데, 어느 날 엄마를 보니 살이 많이 빠져있었다. 자꾸 어디가 이유 없이 아프기도 했고, 허리디스크로 수술을 하기도 했다. 아빠도 마찬가지였다. 나중에 안 사실은 엄마가 나에게 와 있을 때는 안 좋은 와중에 더 안 좋은 일이 발생해서였는데 그동안 아빠는 집에서 커튼 한 번 열어두고 생활한 적이 없다고 들었다. 나 혼자 그 시간을 버텨온 것은 아닌 걸 깨달았다. 어느 날 동생도 이지선 씨가 방송을 나온 것을 보고 나에게 전화를 걸었다. 내가 한국에 돌아온 이후로 내가 어떻게 살 수 있을까 걱정을 많이 했다고 한다. 하지만 이지선 씨의 방송을 보고 세상에는 더한 사람도 많지만 어떻게 이겨내느냐가 중요한 것 같다며 격려해주었다. 그래. 일어나야겠다.

때마침 엄마가 지금 사는 상가 건물을 팔고 옆 옆집을 샀다. 외할머니가 돌아가시기 전에 살았던 집이었다. 나에게도 소중한 추억이 있는 곳이었다. 어릴 적 외할머니네 가서 놀기도 했다. 엄마가 학원을 운영해서 외할머니가 동생과 나를 주로 돌보아주셨다. 우리 집에서 요리하다가 파를 가져오라고 하신다. 그러면 우리는 경주하듯 뛰어나가서 외할머니네 밭에서 대파를 하나 뽑아온다. 그 집에 우리가 이사를 가다니! 지곡에서 따뜻한 햇볕이 비춰는 정원을 가졌던 터라 늘 그리워하고 있었다. 그래서 리모델링을 해서 이사를 하려고 했다. 그런데 여러 번 가서 집 크기도 재보고 구상을 하다 보니 구들장과 굴뚝이 있는 집이었다. 벽돌로 짓긴 했지만, 옛날 초가집이나 기와집처럼 땔감을 때서 방바닥을 데우는 시스템으로 되어있었다. 30년은 훨씬 더 된 집이라 일부분을 부수어 냈을 때 다 같이 와르르 무너질 것 같았다. 실제로도 철거하러 왔을 때 일부 벽을 남기려고 시도했으나 같이 무너져버려서 아예 모두 철거를 해버렸다.

건축 전공을 살릴 기회가 왔다. 회사생활은 별로 안 해 봤지만, 캄보디아에서 건물 하나, 둘 지어본 경험으로 신나게 설계를 하기 시작했다. 모델링도 하고 도면도 그려가면서 부모님의 요구사항을 상세히 적용시켰다. 맞춤형 설계가 완성되었다. 이제 시공업자를 구해야 한다. 5명은 더 만나본 것 같다. 집터에 데려와서 상세 설명을 하고 견적을 받아보았다. 모두 하나같이 깐깐한 건축주라고 했다. 당연하다. 나는 건축 전공했으니까! 다행히 맘에 드는 한 분이 있었다. 나보다 더 깐깐해 보이는 시공자였다. 그분도 나를 파악하고 공사 시작하기 전에 10번 정도는 했다. 기초부터 자재, 공간 설계 등을 논의하면서 순조롭게 공사를 시작했다. 나에게는 행운이고 일꾼들에게는 불행히도 공사 현장과 우리 집은 10m도 채 되지 않았다. 매일 들여다보면서 시공과정을 배우고 감독도 했다. 막상 공사를 시작하면 깐깐하게 굴지 않는다. 이제 집을 튼튼히 지어주어야 할 중요한 일꾼들이라서 간식도 자주 사다 나르면서 잘 부탁한다는 말을 잊지 않는다. 시공자도 내가 전문 용어도 알고 시공과정을 아니 좀 더 꼼꼼하게 설명을 하고 변동사항이 생기면 꼭 허락을 받았다. 보통은 그런 과정은 생략하고 진행한다. 별난 건축주를 만나서 고생했지만 남다른 설계로 배우는 점도 많았다고 했다. 다음에 태어나도 꼭 집을 짓는 일을 할 것이라고 했다.

다시 태어나도? 내 마음에 쿵 와 닿았다. 나는 건축에 대한 열정이 있는가?

있었다. 하지만 지쳤고, 돌아보기 싫었다. 미국에서 힘들었던 일이 더 많았던 터라 더욱더 좋지 않게 얼룩진 기억이었다. 이 시공자처럼 공사 과정 하나하나에 의미를 새기고 기뻐하면서 공사 진행을 할 수 있었다. 결과물을 보고서는 뿌듯하긴 했지만 이 일을 계속한다면 기뻐할 수 있을까 의문이 들었다. 설계하는 동안 엄청난 짜증을 부렸고, 실제 건축주인 부모님과도 마찰이 많았다. 나는 결과보다 과정이 중요하다고 믿는 사람이다. 기회가 생겨서 주택 설계를 하게 되었고 시공 감독을 하게 되었다. 결과는 좋았다. 더할 나위 없이 건축주 맞춤형으로! 적은 예산에 맞추어서 최대한의 공간 활용과 미적 감각까지 더했다. 동생이 와서 보고 건축에 재능이 있다고 했다. 동생은 실내인테리어 전공이라 보는 눈이 있었다. 결과가 좋았으니 나는 건축을 계속해도 될까?

건축하는 과정은 내게 어떠했을까 생각해보았다. 나에겐 시공자처럼 일에 대한 열정과 사랑이 없었다. 갈수록 지쳐갔다. 하던 일이라 어렵지 않게 결과물을 낼 수 있었지만 그 과정에서 나는 행복하지 않았다. 누군가는 철없는 소리라고 한다. 행복? 누구나 평생 행복하지 않다고 한다. 하지만 내 평생의 일이 내 마음 한구석에 뜨거움이 없이 할 수 있을지는 모르겠다. 모든 사람이 그렇지는 않을 것이다. 하지만 적어도 나는 내 모습대로 살고 싶다. 그래야 행복하다. 나는 행복할 수 없는 사람이라고 단정 지은 때도 있다. 하지만 일하는 과정에서 함께 일했던 시공자를 보면서 깨달았다. 사람의 마음을 움직이는 것은 열정이다. 어떤 직업이든 어떤 일이든 상관없다. 내 안에 열정을 일으키는 어떤 일이든 하면서 살아야 한다. 누구나 자신만의 삶이 있다. 다들 비슷하게 살아가는 것 같아도 왠지 모르게 자신만의 이유가 있다. 자신만의 열정을 따라 살아도 행복하다는 말은 절대 아니다. 하지만 적어도 내 모습 그대로의 삶을 선택했고, 그에 따라 살아간다.

어부가 중에 '청랑의 물이 맑으면 갓끈을 씻고, 창랑의 물이 흐리면 발을 씻으리라'라는 말이 있다. 세상을 탓하거나 원망하지 말고 세상에 맞춰서 살아가라는 뜻이라고 한다. 세상까지 범위를 넓힐 필요도 없이 나의 주변에 흐르고 있는 기회와 환경에 맞춰서 나답게 사는 것도 방법 아닐까? 언제부터 내 인생의 길이 정해진 적이 있었나? 그렇지 않다. 나도 모르게 어느새 나의 창랑의 물은 흐려졌고 갓끈을 씻기에 적합하지 않아졌다. 그렇게 생각하고 싶지는 않았다. 다른 무언가를 새로이 시작할 때 이전보다 더 길고 힘든 시간을 견디어야 한다는 것을 경험했기 때문이었다. 하지만 내 마음은 발을 씻으라고 말한다. 그렇게 다시 책을 꺼내 '들었다 놨다'를 반복하면서 망설였다.

마음다짐

수험생활을 시작하기 전에 학부 때 교수님을 뵈었었다. 미국 유학 가는 것도 많이 도와주신 터라 돌아와서 인사 겸 진로도 말씀드릴 겸 찾아갔었다. 유럽에 있는 것처럼 밥을 먹고 강남대로에서 커피를 사 들고 벤치에 앉았다. 지나가는 사람들을 보면서 이야기하기 시작했다. 나이로 보면 교수님의 딸보다 10살 정도 많지만 딸 가진 아버지의 입장으로 교수님의 마음을 이야기해주셨다. 건축도 힘드니까 하지 말고 의학도 힘드니까 하지 말고 저렇게 정장 입고 다니는 사람들 틈에 끼어서 월급 받고 살다가 좋은 사람 만나서 결혼하면 좋겠다고 하셨다. 어느 때고 꿈을 꾸고 이룰 수 있지만, 누구에게나 결혼하고 아이를 낳을 때는 정해져 있다고 하셨다. 맞다. 대학 시절의 꿈은 남편들 손에 맡기고 가족을 이루어서 아이를 낳아서 키우는 친구들이 있다. 혼자인 나보다 훨씬 복잡하고 힘든 생활이지만 둘, 셋, 넷이 되어 함께 있는 것을 보면 부럽다. 기념일을 함께 챙기고, 어디든 둘 이상은 꼭 같이 다니는 모습이 보기 좋다. 나 혼자서 챙기는 기념일 따위는 없다. 그러다 보니 살면서 여러 중요한 날들이 있었을 텐데 잊은 채 지나간다. 하지만 나에게는 둘이었을 때 힘든 시간들이 많았다. 아직은 전혀 잊어지기는커녕 매일 악몽같이 떠오른다. 조용하고 고요한 혼자 있는 시간이 이전보다 훨씬 좋아졌다. 그래서 교수님의 권면은 따뜻하고, 감사하게 전해왔다. 나에게 결혼은 선택의 문제니까. 그래도 나를 귀히 여기고 삶에 관해 이야기 해 줄 수 있는 분이 계셔서 행복했다.

　이런 내 마음이 어느새 들켰는지 교수님은 처음으로 사모님 이야기를 꺼내셨다. 큰 병원의 정신과 병동 수간호사시란다. 근무하신 지 벌써 25년이 되셨다고 했다. 한번은 사모님이 일하시는 병동에 방문한 적이 있다고 하셨다. 아내가 어떤 일을 하는지 궁금하기도 하셨다고 했다. 햇살 좋은 오후에는 환자들을 모두 인솔해서 병원 공원에 나와서 산책도 하고 놀이도 한다고 했다. 하루는 따라가 봤는데 환자마다 다른 행동을 보이니 각각 이탈하지 않게 돌보기도 쉽지 않았다고 하셨다. 대화도 되지 않는 중증환자들이 병동에 많이 있기 때문에 더욱더 관리도 어렵다고 했다. 그날 이후 사모님이 대단하다고 좋은 일을 하고 계시는지 처음 알았다고 했다. 나도 정신과에 가고 싶다고 교수님께 말씀드렸기에 사모님 이야기를 꺼내신 것 같다. 나처럼 또는 건축 전공자들처럼 감수성이 풍부하고 예술을 좋아하는 사람들은 의사가 되면 더 스트레스 받는다고도 알려주셨다. 항상 아프고 우울한 사람들을 많이 보게 되기 때문에 더 견디기 힘들 수 있다고 하셨다. 의사인 친구들을 떠올리시면서 의사로서 일하다 보면 비관적으로 되기 쉽다고 일러주셨다. 나의 열정을 어둡고 우울함으로 뒤덮지 않게 조심하라고 하셨다. 또한 건축 전공자들은 다양한 학문 분야와 예술에 관심이 많다보니 각기 다른 사람에 대한 이해도 의사가 되면 더 잘할 수 있다는 격려도 아끼지 않으셨다.

걱정스러운 마음에서 행복하게 살았으면 하셨다. 또한 내 꿈도 지지해 주시고 응원해 주셨다. 행복은 어떻게 이룰 수 있는지는 잘 모르겠다. 하지만 내 안에 희미한 불씨가 키워졌을 때 삶이 감격으로 가득 차는 것을 안다. 적어도 나는 그렇다. 남들처럼 정해진 때에 제대로 된 결혼도 못 해서 가족도 없다. '평범하게 살다'라는 의미가 어른들이 늘 잔소리하시는 그런 삶인가? 언제 결혼하니? 아이는 언제 가지니? 등의 우리가 듣기 싫어하는 말들. '평범'의 정의는 잘 모르겠으나 나는 이미 그 궤도는 벗어난 듯했다. 그리고 그 궤도에 들어가려면 지금부터 어떻게 해야 되는지도 모른다. 문제는 있지만 답은 없는 것이 인생일 수도 있다. 적어도 내 꿈을 이루기 위해서는 어떻게 해야 하는지는 안다. 그렇다면 내가 정말로 평생에 하고 싶은 일을 하기 위해서 도전해도 되는가? 시간이 얼마나 걸릴지, 얼마나 더 힘들어야 할지는 모르지만 방법은 안다. 우선은 무조건 시험을 잘 봐야하고 원서를 내고 학교의 답을 기다린다. 요약하면 이렇다. 답이 없는 인생살이에서 어쩌면 하고 싶은 일을 하기 위해 도전하는 것은 당연할 수도 있겠다. 좀 더 내 마음의 소리에 귀를 기울여 보았다. 때론 포기하는 것도 답이라고는 하지만 내 마음의 사전에는 아직은 포기라는 단어가 없었다.

의사가 되기 위해 가는 방법을 안다고 했다. 되기 위한 답이 있다고 했다. 사실은 세상에 많은 일이 생각대로 되지 않는다는 것을 미국 생활에서의 경험을 통해 누구보다도 더 잘 안다. 이전에는 내가 원하면 이룰 수 있다고 믿었다. 나만 잘하면 된다고 생각했다. 어느 날 술에 취한 운전자가 탄 차를 만나게 되면 교통사고를 피할 수 없듯 손뼉도 한 손이 와서 치면 소리가 난다. 원하는 대로 문과 출신이지만 건축공학과로 졸업을 했다. 해외 봉사도 나름 쉽게 떠날 수 있었다. 마음먹은 대로 유학길에 올랐다. 나의 제3지망 정도의 학교였지만 어쨌든 합격을 하였다. 유학을 하러 다들 갈 수 있는 줄 알지만 실은 그렇지 않다. 입학한 사람들만 소리를 내기 때문이다. 내 인생이 마음대로 된다고 생각했을 때는 이때가 마지막이었다. 쉬운 길은 아니었지만 그래도 해내었다. 하지만 미국에서 살면서 만나게 된 대부분의 일은 내가 컨트롤 할 수 있는 영역을 벗어났다. 그래서 더 혼란스러웠는지도 모른다. 캄보디아를 가기 전에도, 미국을 가기 전에도 꿈과 열정에 대해서 사람들 앞에서 연설할 기회도 있었다. 누군가에게는 꿈과 열정의 대명사가 되기도 했었다. 지금의 모습이 더 초라하게 느껴져 세상으로부터 더 숨어있고 싶었다.

정답이 있어 보이지만, 어떻게 될지 모르는 게 입시이다. 말도 안 되는 점수로도 합격하는 사람도 있고 높은 점수로도 떨어질 수 있다. 나이가 들수록 잡다한 생각이 많아지기 때문에 일을 하지 않고 책상 앞에서 선비처럼 공부한다는 것 자체가 어렵다. 때로는 이래도 되나 싶은 생각에 마음을 빼앗기기도 한다. 때로는 직장 생활 하는 것처럼 정해진 시간에 열심히 하자고 결심하기도 한다. 누구보다 꼭 되어야 하는 간절함이 들기도 한다. 35세에 취업의 문은 대부분 닫히고 있기 때문이었다. 아직도 무엇인가를 시작할 수 있는 열정에 감사하면서 다시 공부를 시작해야 할 것 같다. 벌써 시험은 3달 남짓 남았는데 가능할까 싶었다. 책을 펼쳐보니 많은 부분 잊은 듯했다. 특히 생물은 기본 이론이 전혀 안 되어 있었다. 시간에 쫓기다 보니 반복적으로 문제를 많이 풀었었는데 악순환이었다. 불안하지만 이전과는 다른 마음으로 책상 앞에 앉았다. 책들을 모조리 꺼내서 내가 공부해야 할 방향을 잡았다. 그리고 다짐을 했다. 3달의 시간으로 가능하지 않다는 것을 안다. 이번에는 절대 딴마음을 품지 않고 갈 데까지 가겠다.

마침 변경된 시험 정보를 보니 물리와 통계가 빠졌다. 나로서는 희소식이었다. 물리는 공부를 하건 안 하건 상관없었다. 시간제한 없이 문제를 다 풀었을 때와 찍었을 때의 점수가 늘 같았기 때문이다. 생각해보니 학부시절 처음 역학 수업을 들었던 때가 생각이 났다. 한 학기 내내 수업내용을 이해하지 못했다. 기말고사는 쳐야 하니 강의실에 앉아서 문제를 풀고 있었다. 잘 모르겠지만 기억을 떠올려보며 그래프로 답을 쓰고 있었다. 그래프에도 수식에 따라 일정한 모양이 있다. 나는 기존 역학의 틀을 파괴한 그래프를 그렸나 보았다. 지나가던 조교가 한숨을 쉬면서 손가락으로 그래프 모양을 그려주고 갔었다. 감사의 눈빛을 보내며 답을 고쳐 적고 시험지를 제출했다. 학점은 d가 나왔고, 조교가 봤을 때 다른 답도 다 틀렸었던 것 같다. 이 수업 이후로는 역학 수업을 듣지 않았다. 전공과목 중에서 다른 것을 모조리 들어서 필수 이수 학점을 채웠다. 공간 감각이 뛰어났던 터라 유기화학은 처음에는 가장 힘든 과목이었지만 갈수록 쉬웠다. 왜냐하면 전자의 흐름을 파악하고 생성물이 형성되는 과정을 이해하면 암기가 쉬워지기 때문이었다.

그동안은 특정 소수 학원에서만 강의가 있어서 고가의 학원비로 부담스러웠었다. 올해부터 새로운 학원이 등장하면서 가격을 기존의 1/4로 낮추었다. 그리고 과목별로 수강료를 따로 받는 것이 아니라 프리패스제로 운영해서 한번 가입을 하면 시험일까지 무제한으로 어떤 수업이든 들을 수 있게 되었다. 시험일이 얼마 남지 않아서 더 싼 가격으로 등록할 수 있었다. 시험의 흐름이 내게로 기우는 듯했다. 내가 싫어하고 못 하는 과목은 빠졌으니 해 볼 수 있을지도 모른다는 확신이 들었다. 또한 학원비의 부담까지 덜어주어서 고민을 덜하게 되었다. 부모님께 말씀드리는 게 힘든 일이긴 했지만, 흔쾌히 승낙하셨다. 언제나 자식들의 자율권을 존중해 주셨기 때문이다. 그 선택의 결과도 스스로의 인생이기에 스스로 져야 하는 몫임을 알고 계시기 때문이다. 그렇게 생각하기가 쉽지 않은 것을 안다. 그렇기에 더 감사한 마음으로 열심히 해보자고 다짐을 했다.

9개월 정도 공부를 안 하다가 다시 하게 되어 책상 앞에 앉아 있는 게 쉽지 않았다. 공부는 엉덩이로 하는 게 맞다. 한 시간에 한 번씩 들썩거리며 나갔다 들어왔다. 시간의 촉박함에 쫓겨 이내 적응을 하고 집중하기 시작했지만, 어김없이 8월은 다가왔다. 갈수록 부담은 더하지만 긴장은 덜 한다. 시험장에도 두 차례 가봤고 이번에는 공부한 기간도 짧아서 큰 기대를 하지 않아서 그랬던 것 같다. 수험장 앞의 풍경은 그대로였다. 나는 여전히 혼자 수험장을 걸어서 들어서고 차들은 줄지어 있었다.

수험생활은 쉽지 않다. 직장 생활만큼이나 힘들다. 매일 희미한 새벽에 하루를 시작해서 어두운 밤이면 하루가 끝난다. 모든 시간을 절약해서 공부에 투자하다가 시험을 보는 3시간에 많은 것이 결정된다. 그 점수에 따라 순위가 매겨지니까. 학창 시절 성적으로 등수를 매기고 차별을 받는 게 싫었는데 그것이 사회의 모습일 줄은 상상도 못 했었다. 대학교만 가면 해결될 줄 알았다. 하지만 대학교에는 졸업 후 취직이라는 대학교 입시보다 훨씬 더 무서운 관문이 버티고 있었다. 취직 후에는 승진과 월급, 이직 등의 더 많은 문제로 가득했다. 여기서도 점수를 매기고 사람들을 등급화하는 것은 마찬가지였다. 나는 지금 또 그 등급화의 문 앞에서 마음 졸이면서 서 있다. 언제 사회에서는 나를 인간으로 대접해 줄지는 모르겠다. 씁쓸하지만 이 땅 위에서 내가 하고 싶은 일을 하면서 살고 싶으면 등급화된 체제로 들어가서 조금이라도 앞에 서보려고 발버둥 쳐야 한다. 나를 가장 힘들게 했던 순위 매기기의 시스템 안에 들어가서 아등바등 하는 내 모습이 어느 때보다도 안쓰럽고 마음이 아팠다. 앞으로도 그

시스템 안에서 지내야 한다. 잊고 있었던 고교 시절의 도서관 자리가 떠올랐다. 일등부터 꼴등까지 순서대로 지정석을 배정 받았던 날. 상, 하위권의 두 개의 방으로 나누어져 있었다. 친한 친구와 어색하게 인사하며 서로 반대 방을 들어갔던 그 발걸음. 얼굴이 화끈거려 한동안 도서관에서 고개를 들 수 없었다.

제5장

내 꿈은 언제나 진행형

나는 나

 정오 12시. 시험 종료. 삐. 이상하게 문제를 다 풀어도 시간이 많이 남았다. 남은 시간에 한 번 더 풀어보면서 두 문제의 답을 고쳤는데 마음이 찝찝하지만 '삐'소리와 함께 제출하였다. 밖으로 나오니 햇살이 좋았다. 잠시 이 밝음을 누려도 되겠지? 고사장이 서울에서 다니던 교회 근처라 예배를 드리러 교회에 갔다. 가면서도 마지막 두 문제가 마음에 계속 걸려서 문제와 풀이를 머릿속으로 다시 해보았다. 젠장! 차분히 생각을 해보니 처음에 풀었던 답이 맞았다. 한 문제에도 당락이 결정되는데 두 문제나 그랬으니 더 속상했다. 더군다나 이번 시험은 예년에 비해 쉬웠다. 쉬울수록 한 문제의 실수도 허용되지 않을 것이 분명했다. 하지만 주사위는 던져졌고, 결과를 기다리는 수밖에 없었다.

 예배 후 친한 동생들을 만났다. 정말 오래간만이었다. 교회 근처에서 치킨집에 들어가서 탄산음료와 닭튀김, 감자튀김을 먹으면서 회포를 풀었다. 한국에서 돌아오고 여러 명이 다 같이 만난 것은 이때가 처음이었다. 친구들을 만나러 나가기가 두려웠다. 스스로 초라해졌다고 내 모습을 단정 짓고, 세상으로 나가기 힘들었다. 친구들은 내가 소식이 없으니 미국에서 잘 살고 있다고 생각하고 있었다. 하지만 정반대였다. 어디서부터 어떻게 설명해야 할지도 모르겠고, 35세가 되어 아무 일도 하지 않고 있는 지금의 모습이 부끄러웠다. 혼자 책을 보고 있을 때는 괜찮았다. 혼자 있으니까. 다들 잘살고 있는데 나만 이렇게 실패한 인생을 살아가고 있는 듯했다. 친구들 모임에 나가면 무슨 이야기를 해야 할까도 걱정이 되어서 더 연락하지 못했다. 하지만 막상 친구들을 만나니 달랐다. 내 모습 그대로를 봐 주었다. 너무 보고 싶었고, 걱정되었다고 한다. 나의 이런 마음을 털어놓으니 그런 생각하지 말라며 타이른다. 어떤 일이 있어도 다른 사람이 되지는 않는다고. 나 그대로의 모습대로 친구들은 사랑한다고.

'나'에 대해서 생각을 해보았다. 나는 지금 충분히 나의 결정들에 대한 책임을 지고 있고 누구보다 열심히 살아가고 있다. 자신감이 없고, 위축되어 있지만, 그것은 진정한 내가 아니다. 누구든 좋은 결과만 낳는 선택을 하면서 살아가지는 않는다. 인생의 길을 걸어가다가 어떤 사건들, 사람들을 만나면서 지나가는 게 삶이다. 어디를 가든지 그 길 위에 있는 건물들, 갈래 길 들, 나무들, 사람들 등이 있다. 나는 길을 걸어갈 수는 있다. 하지만 그 길 위에 있는 것들과 환경은 내가 고를 수 있는 게 아니다. 내가 길을 가다 보면 만나는 것이다. 나는 왜 그동안 내가 선택할 수 없는 것들도 내 책임이라고 단정 짓고 움츠려 있었는지 모르겠다. 누구도 나의 이야기를 감당할 수 없을 거로 생각했었다. 누구도 이해하지 못하리라 생각했었다. 겪어보지 않으면 알 수 없는 것은 사실이다. 하지만 그 사람의 감정은 공감해 줄 수 있다. 그리고 사랑하는 사람이 아파하면 함께 아파해 줄 수 있고, 기뻐하면 기뻐해 줄 수 있다. 이게 친구, 가족 아닌가. 그동안 내가 아프다는 핑계로 나는 오로지 '나'만 생각했던 것 같다. 나의 주변에서도 함께 힘들어하고 아파하고 있었다는 것을 느끼지 못한 채 살아가고 있었다. 나는 '나'만 보고 있었으니까. 그래서 더욱더 내 상처에 심취해 있었고, 분노를 표출하면서 모나게 살아가고 있었다.

나의 주변을 돌아보기 시작했다. 조금씩 원래 그 모습으로 보이기 시작했다. 사람들도 나를 비난하는 눈빛이 아닌, 그냥 바라보는 것이었다. 나는 아무 잘못한 건 없지만 스스로 사회의 낙오자로 낙인을 찍었는지도 모른다. 세상도 사람들도 그대로였다. 나의 선입견이 그들이 나를 부정적으로 바라본다고 단정지었다. 용기를 내어 핸드폰을 들었다. 보고 싶은 친구들에게 연락했다. 서울에서 있으면서 친구들을 하나둘씩 만나기 시작했다. 7년 만이었다. 편하고 좋아하는 사람들은 오랜만에 만나도 엊그제 만난 것 같았다. 이러한 일상의 즐거움을 스스로 포기한 채 살아가고 있었다니 한심했다. 이제라도 되찾아서 다행이었다.

대학 때 친구 정연을 만났다. 설계실에서 동고동락하면서 지낸 친구였다. 틈틈이 낮에 학교 근처로 여럿이서 어울려 나가서 일탈을 즐겼다. 주로 칙칙한 설계실에서 지내다가 마감일 다음 날이면 교외로 나갔다. 드라이브도 하고, 맛집도 다녔다. 별거 아닌 일에 깔깔거리면서 엽기 포스터가 될 만한 사진들을 찍으면서 놀았다. 마침 정연이가 쉬는 날이라 낮 1시에 만났다. 사람들이 직장, 학원에 있어서 강남인데도 불구하고 강남역 뒷골목은 오후 시간에 조용했다. 둘 다 결정을 잘 못 하는 터라 지나가다가 테라스가 있는 파스타 집에 들어갔다. 날씨 좋은 가을 9월이라 테라스에 앉으니 기분이 좋았다. 세트 메뉴를 시키면 맥주가 같이 나왔다. 학부 때 학교 잔디밭에 앉아서 낮술을 즐겼던 때를 떠올리며 추억을 곱씹어 보았다. 대학 시절 친구들은 고교 친구들과는 사뭇 다른 느낌이다. 자신의 성향과 맞는 학과를 찾아서 학교에 입학한 사람들이다 보니 취향이 비슷했다. 졸업 여행 때 일본 건축 답사를 하러 갔었는데 10명 중 길치는 하나도 없었다. 다른 모임과는 달리 건축 학도들이기에 공간 감각이 없으면 건물 자체도 이해가 안 될 수 있기 때문에 길치들은 주로 건축을 안 할 것이다.

그래서인지 몇 시간을 한 곳에 앉아 떠들다 보니 시간 가는 줄 몰랐다. 다시 배가 고파지기 시작했다. 저녁 시간이 된 듯하다. 주변에 지나다니는 사람들이 늘어났다. 눈빛을 교환하니 둘 다 저녁때도 별 약속은 없는 듯했다. 자리를 옮겨 다른 식당으로 들어갔다. 주변에서 일하고 있을 선배들에게 전화를 돌려보니 다들 야근이라 했다. 정말 거의 십 년 만에 갑작스레 연락했었다. 어차피 나는 연락처도 아무도 몰랐고, 정연의 핸드폰으로 연락을 돌렸다. 반가운 목소리와 함께 야근의 슬픈 소식을 전했다. 20세가 넘어서 건축 설계를 선택한 이상 그만둘 때까지는 야근과 함께 인듯했다. 안 하길 잘했나 싶었다. 서울에서는 도저히 못 하겠다는 생각이 들었다. 아쉬움을 뒤로 한 채 둘이서 또 몇 시간 째 이야기꽃을 피웠다. 간만에 많이 웃고 많이 말했다. 정말이지 이런 시간을 그리워했었다. 자신이 없어서 세상으로 나오지 못한 내가 바보 같았지만, 지금이라도 나와서 다행이다 싶다.

엄마가 된 친구들 선아, 지영을 만났다. 선아는 아들 둘, 둘째는 아직 어려 집에서 돌보고 있는 중이라 선아네로 갔다. 지영이는 아들 하나 있는 엄마였다. 둘 다 27살에 결혼을 했다. 대한민국 대부분의 부모님이 원하는 삶을 잘 살아내고 있다. 결혼 적령기라고 하는 나이에 결혼하고 가정을 꾸렸다. 본인들이 하고 싶어 하던 일들은 그만두어야 했지만, 아이들을 낳고 행복한 가정을 꾸려나가고 있었다. 오랜만이지만 예전 같기도 했다. 각자 다른 삶을 살면서 조금씩 달라지고 있었지만, 예전의 모습도 남아있었다. 엊그제 만난 친구 같기도 했다. 아직은 나의 실패담들을 털어놓기가 힘들었지만, 조심스레 조금씩 꺼내 보면서 시간을 보냈다. 나는 항상 꿈을 좇던 아이였다고 이야기해 줬다. 상반된 선택을 하면서 살아왔던 터라 내가 선택하지 않았던 삶을 둘을 보면서 간접적으로 보았다. 친구들도 마찬가지였으리라.

결혼생활도 쉽지 않다고 했다. 전혀 다른 배경의 사람 둘이 만나서 함께 사는 일이 어렵고 힘들다고 했다. 연예 때와는 달리 결혼은 현실이고 때론 전쟁터라고 했다. 아이들의 엄마가 되기도 어렵다고 했다. 모두 처음이니 이곳저곳 정보를 찾다가 마음에 드는 방법을 찾아서 써보기도 하고 아이들에게 온갖 정성을 쏟다가 집착을 하기도 한다고 했다. 그러다가 더 지칠 때도 많다고 한다. 그래도 결혼 후 7년 정도가 지난 지금 사는 집도 그들에 맞게 잘 꾸려진 듯했다. 아이들과 남편의 이야기를 할 때도 이전보다는 안정적으로 보였다. 보기만 해도 아이들이 예뻤다. 친구의 아들이라서 그런지 모른다. 누군가 태어나서 가장 잘한 일이 엄마가 된 것이라고 했었다.

내가 상상할 수 없는 그것. 무엇일까 궁금했다. 아이들을 보고 있노라니 대충은 알 것 같기도 했다. 생명. 그 어떤 것보다도 소중한 그것. 무엇과도 바꿀 수 없는 가치가 있어 보였다. 매일의 생활에서는 지치고 힘들 때도 많겠지만 그것을 넘어서는 고귀한 무엇인가가 있을 것이다. 비록 엄마가 되지는 않았지만 나 또한 생명. 그 근원적인 것에 대한 갈망에 따른 꿈을 품게 되었다. 생과 사뿐만 아니라 생명의 그 가치를 지켜주고 싶었다. 세계보건기구(WHO: World Health Organization)의 헌장 전문에는"건강(健康)이란. 질병이나 단지 허약한 상태가 아닐 뿐 아니라 육체적, 정신적 및 사회적으로 완전한 안녕(安寧) 상태를 말한다"라고 정의한다. 생명 그 가치. 사람들의 육체적, 정신적, 사회적인 건강을 돌보아 줄 수 있는 사람이 되길 꿈꾼다.

꼭 엄마가 되지 않아도 각자의 모습으로 생명을 잉태하고 돌볼 수 있다. 성연이처럼 사회의 한 일원으로 또한 건축가로 사람들이 생활하는 공간을 좀 더 아름답고 편안하고 안락하게 해 주면서 할 수 있다. 선아와 지영이처럼 한 가정의 아내, 어머니로서 행복한 가정을 이루고 그 파급력을 주변에 끼치면서 살아갈 수 있다. 나도 아직은 꿈을 꾸지만 언젠가 의사로서 그 역할을 다할 수 있지 않을까 기대해본다. 이전에는 내가 가지지 못한 것에 대해 부러움과 열등감으로 가득 찼었지만 이제는 그렇지 않다. 우리는 누구나 사회의 한 구성원으로서 사회의 건강과 안녕을 책임지고 있다고 생각한다. 비로소 나는 희망을 바라본다. 나는 무엇을 해도 행복할 수 있고, 건강할 수 있다. 꼭 내가 그려놓은 무엇인가가 되지 않아도 괜찮다. 나, 있는 그대로 헤아릴 수 없는 가치가 있다.

나는 꽃이다

성적 발표가 났다. 상위 15% 정도 나왔다. 예년 같으면 겨우 합격선에 들어가지만, 올해는 장담할 수가 없다. 작년보다 모집인원이 1/5로 줄어든 상황이었다. 불안한 마음에 온갖 입시 설명회는 다 다녀봤다. 명쾌한 답은 없었다. 애매한 점수라는 소리만 잔뜩 듣고 돌아왔다. 아. 계속 찝찝했던 두 문제가 너무 아쉬웠다. 하지만 그것도 실력이니 받아들여야 했다. 원서를 쓰고 처음으로 면접스터디를 구했다. 학교마다 면접 방식이 달라서 2개의 스터디를 구했다. 하나는 영어 지문 해석, 분석하고, 다른 하나는 MMI 방식 면접 스터디였다. 혼자 있을 때보다는 같은 목표를 가진 사람들이 모인 스터디에서 힘을 많이 얻었다. 시험이 끝나면 늘어지기에 십상인데 적당히 쉬면서 공부도 계속할 수 있었다.

MMI 방식은 면접자들이 준비된 여러 방을 들어가서 정해진 문제에 대해서 답변을 하는 면접 방식이다. 주로 의학전문대학원에서 의대 학사편입으로 전

163

환한 대학교에서 이 방식을 선택했다. 조원 중 이화여대를 다니던 수영이라는 친구가 있어서 이화여대의 ECC 건물 내 스터디룸에서 면접 준비를 하였다. ECC 건물은 지금은 타계한 자하 하디드의 작품이다. 동대문 근처의 DDP 건물도 그녀의 작품이다. 역시 그녀의 명성답게 화려하면서도 유기적인 동선을 지녔다. 이제 서울도 세계적인 도시인가보다. 유명 건축가들의 건물을 생활에서 누릴 수 있다니! 아이러니하게 늘 꿈꾸던 공간을 누리면서 나는 의대 면접을 준비하고 있었다. 이제는 아쉬움이나 후회의 감정 없이 면접 준비에 집중하는 것을 보니 의대로 진로를 확실히 결정한 듯했다.

　어린 친구들 앞에서 면접자가 되어서 모의 면접을 연습하기가 쉽지 않았다. 매번 내 차례가 되면 떨리고 눈앞이 캄캄했다. 떨리는 목소리로 매끄럽지 못하게 대답을 해나갔다. 당당하게 정답만 말하는 친구를 보면 부러웠다. 아직은 준비 단계이니 연습으로 극복을 해야 했다. 조금씩 떨리는 것이 사라지기 시작했다. 여전히 어려운 질문에는 난감해하며 답을 못할 때도 있었다. 그래도 서로 돌아가면서 모의 면접을 해보니 함께 실력이 점차 늘어나는 것을 볼 수 있어서 더 신나게 준비를 하였다. 연습하면 할수록 왠지 모르게 즐거움도 넘쳐났다. 서로의 장단점을 지적해주면서 실력도 쌓고 있었다. 나는 애매한 점수에 가끔 지칠 때면 계속 면접 준비를 해도 될까 의구심이 들었다. 수영이도 그런 듯 했는데 이번에 열심히 하면 지금이 아니더라도 꼭 도움이 될 것이라고 했다. 비록 내년에 또 시험을 보게 되더라도 남는 게 있다고 말이다. 그녀의 말이 맞다. 운동을 하면 할수록 근육이 늘어가는 것처럼 경험도 마찬가지다. 무엇을 하든 최선을 다할 때 배우는 것이 있기 마련이다. 곧이어 1차 발표날이 다가왔고 나는 불합격했다. 나를 제외한 모든 친구는 전남대를 지역전형을 지원했었는데 지원 인원이 3배수가 되지 않아 모두 면접을 볼 수 있는 자격이 있었다. 아쉽게도 톡 단체 채팅방으로 마지막 인사를 하고 나는 떠났다.

아르바이트도 시작했다. 알아보니 학회 준비 스텝으로 일하는 것도 있었다. 특히 의학 분야에서 각 학회의 세미나가 10월에서 12월 사이에 중점적으로 이루어진다고 했다. 자기소개서와 학업계획서, 면접을 준비해야 하니 학회에서 일하면 도움이 될 수도 있을 것 같았다. 며칠씩 학회 일정이 나오면 세미나 준비를 하는 대행업체에서 모집공고를 낸다. 요즘은 모바일 앱을 통해 쉽게 지원을 할 수 있어서 편했다. 웬만한 학회는 다 돌아다녔다. 재활의학회 세미나에서 등록 데스크 일을 하고 있었다. 전공의들이 등록하려고 서서 있는데 익숙한 얼굴이 보였다. 교회 대학부에 있을 때 간사님이었다. 반갑고 신기한 마음이 들었지만 인사하기에는 친하지도 않았다. 아르바이트하는 모습으로 인사하기는 더욱더 부끄러워서 모른 체 했다. 레지던트로 보였다. 나도 언젠가는 그 일을 할 수 있을까라는 막연함과 부러움의 시선으로 바라보고 있었다. 내가 그토록 바라던 일을 여기 온 300여명의 사람들은 하고 있었다.

국립 정신건강센터에서 개원식 전 국내외 전문가들의 탐방 및 세미나를 일주일간 진행하였다. 스텝으로 일하게 되었다. 국내에서는 처음 가보는 정신건강센터였다. 62년에 개원을 한 이후 건물을 새로 지어서 개원식을 앞두고 있었다. 이전의 건물에서 모두 이동해왔다. 해외 인사들도 방문해서 강의도 하였다. 그들을 돕는 스태프라서 가까이서 이야기도 해볼 수 있었다. 그리고 강의도 듣고, 해외 인사들과 함께 혼자 오면 절대 볼 수 없는 구역까지도 살펴볼 수 있었다. 병원장의 인솔에 따라서 진료실, 격리 병동을 돌아보았다. 새 건물이라 시설이 좋았고, 누가 와도 거리낌 없이 편하게 진료를 받을 수 있는 편안한 환경이었다. 병동도 아무나 들어가지 못한다. 정신병원이라고 하면 흰색과 철창을 떠올리지만 더는 그렇지 않았다. 입원실과 공용공간이 있고, 여러 활동을 할 수 있게 방들이 있었다. 상담과 약물치료 뿐만이 아니라 다양한 치료 방법을 통해서 환자들의 치료를 돕고 있었다. 내가 가본 미국의 주립 정신 병원도 그러했었다. 미국은 땅이 크다보니 주 단위로 우리나라의 국가 운영 체제의 병원이 있다. 큰 차이점은 미국은 사립병원이 훨씬 시설과 의료진이 좋지만, 우리나라는 국립 병원도 사립 병원 못지않은 좋은 시설과 의료진을 가지고 있다.

응급실도 잘 갖추어져 있었다. 정신질환자에 대한 편견이 많은 우리나라의 실정에 맞게 응급실로 들어오는 동선도 병원 외부에서 바라봤을 때 입구가 가려진 형태였다. 소아들 경우 입원을 해 있거나 통원 치료를 할 경우 학교에 다니기 힘든 아이들도 많다. 그 아이들을 위한 학교 과정도 가지고 있었다. 보편화 된다면 더는 정신질환 아이들이 일반 학교에서 놀림을 받지 않고 특수 학교에서 제대로 된 교육을 받을 수 있을 것이다.

내가 그려보던 꿈이 이미 이루어지고 있었다. 자신의 질병과 싸우기도 힘든 삶인데 세상의 편견도 이겨내야 하니 아픈 사람과 가족들에게는 보통 사람들보다는 힘든 세상이다. 편견을 허물려고 노력하고 싶지는 않다. 다만 아픈 사람들의 건강을 회복시켜 줄 수 있는 일에 힘쓰고 싶다. 정신 질환에는 수많은 이유가 있는데 아직 진단법이 연구 중인 분야도 많다. 그에 따른 치료법도 마찬가지이다. 다른 외상보다는 더딘 긴 치료과정을 통해서 많은 이들이 지치거나 포기하게 되는 경우도 많다. 실제로 그들의 삶을 자세히 들여다보면 가족 중 한 명이 정신 질환을 겪게 되면 집의 재정 상태도 바닥으로 치닫고 매일 24시간 한 명을 돌보기 위해서 여럿이서 힘써야 한다. 다른 중증질환도 마찬가지이긴 하다. 조금이라도 그들의 고통을 덜어줄 수 있다면 내가 하는 일에 대해서 보람을 느낄 수 있을 것 같다. 그리고 그 일을 위해서 연구하고 싶은 게 내 꿈이다.

마침 예술의 전당 한가람 미술관에서 쿠사마 야오이의 전시가 열렸다. 일본의 조각가 겸 설치미술가이다. 조각물들 대부분에 흔히 땡땡이라고 하는 무늬로 되어있다. 큰 노란 호박에 검은 점들이 박혀있는 조각물을 사진으로나마 본 적이 있을 것이다. 어릴 적 정신질환을 앓았다. 그녀의 증세가 병인지 몰랐던 부모님은 그녀를 학대하였다. 그녀는 집안의 빨간 꽃무늬 식탁보를 본 뒤, 눈에 남은 잔상이 온 집안에 보이는 경험을 하게 된 후 둥근 물방울무늬로 변형하여 훗날 작업을 하게 되고 유일한 소재이기도 하다. 지금은 세계적으로 유명하다. 시집과 소설을 출판하기도 했다. 정신질환자에 대한 편견이 필요할까? 오히려 남다른 세상을 바라보는 눈 덕분에 그녀의 작품에 보통 사람들이 찬사를 보낸다. 우리 사회에도 이런 사람들이 종종 있다. 누구나 그녀처럼 될 수 있다. 철저히 세상으로부터 버림받을 수 있었지만 지금 90세의 나이로도 구애받지 않고 누구보다 사람들의 주목을 받으면서 살고 있다. 나 또한 그녀의 작품들을 보며 카타르시스를 느끼고 어떤 작품에는 한참을 서서 바라보기도 했다. 내가 생각할 수 있는 영역 밖의 표현에서 감격하지 않을 수 없었다.

　아직은 불투명하고 보이지 않는 동굴과도 같은 꿈을 가지고 살고 있다. 막연해 보이고 현실 감각이 없어 보인다고 한다. 세상 무서운 줄 모르고 헛꿈만 꾼다는 소리도 듣는다. 자기 밥벌이도 못 하는 주제에 뜬구름 잡듯 살아가고 있냐고 들 한다. 답도 모르겠고 이런 소리를 들을 때면 자괴감이 든다. 지나가는 말인 줄 안다. 내 삶의 일 분도 누군가가 대신 살아 줄 수 없다는 것도 안다. 하지만 이러한 말들로 상처 입고 주눅 들어서 수많은 시간을 허비하기도 했다. 면접은 볼 수 있는 점수라고 생각했지만 모두 1차 불합격이었다. 힘이 쭉 빠졌다. 사람들의 말이 맞는 걸까.

나는 꽃이다. 너도 꽃이다. 내 마음 가득히 아직 피지 못한 채 몽우리 져 있는 꽃들, 활짝 피어 있는 꽃들, 벌써 시들어져 버린 꽃들, 지나가던 사람들에 의해 채 피지 못한 채 꺾여버린 꽃들이 있다. 활짝 펴져 있는 꽃들로 오늘을 행복하게 살아가고 싶다. 꺾여진 꽃들을 보며 오늘은 다른 사람들 말에 상처받지 않아보기로 한다. 벌써 시들어져 버린 꽃들은 과감히 뿌리째 뽑아서 내일을 위해서 비워둘 것이다. 누구든 자신만의 꽃봉우리를 간직한 채 살아가고 있다. 충분한 햇빛과 물, 양분 공급을 위해서는 햇볕이 잘 드는 곳으로 가야한다. 때론 비도 맞아야 하고 때론 밭을 통째로 갈아엎어야 할 때도 있다. 무엇이 두려운가. 너는 꽃이고 마음의 밭도 가지고 있다. 누구도 대신 할 수 없는 세상 하나밖에 없는 꽃을 피울 의무와 권리를 가지고 있다. 오늘도 햇볕이 좋은 양지로 나아가자. 누가 꾸짖어도 네가 할 수 있는 일이다.

전력질주

좌절할 시간이 없다. 내 꿈의 땅 위에 한발, 세상의 소리 위에 한 발씩 올려놓고 집중하지 못한 탓도 있다. 시간에 쫓겨서 이론을 처음부터 끝까지 찬찬히 배우지 못하고 시험의 경향성을 먼저 파악 후 양치기(문제를 많이 푸는 방식)로 공부하기도 했었다. 부끄러워할 겨를도 실패의 쓴맛을 느껴 볼 시간도 없다. 2017년은 공부로 시작했다. 종종 신세 한탄을 하기도 했지만, 그 생각을 품는 것도 사치였다. 친구들에게 푸념하기도 부끄러웠다. 어차피 내가 선택한 길이고 끝까지 책임져야 했다. 신세 한탄도 할수록 힘들다. 내가 한 말은 내 입을 통해서 나가지만 어떤 날 부메랑처럼 돌아와 내 귓속으로 들어와 내 생각의 한 자리를 차지한다. 올해는 무슨 일이 있어도 꼭 해내야 한다. 더더욱 감정 소모를 줄이고 공부에 집중 또 집중해야 했다. 작년처럼 소영과 지혜는 나의 든든한 백이 되어주었다.

모처럼 세상사를 다 끊어내고 공부를 열심히 하고 있었다. 이제는 놀고 쉬고 싶은 마음도 사라지고 없는 때였다. 그런데 새로운 일들이 빵빵 터지고 있었다. 나랑 같이 언제까지나 함께 할 것 같았던 소영이가 결혼을 한다. 갑작스레 상견례가 이루어졌다. 사실 소영과 성진은 7년이나 만나고 있어서 그다지 놀랄 일도 아니었다. 나뿐만 아니라 당사자들도 놀란 일이었다. 부모님들이 나서서 일이 갑자기 진행되었다. 작년까지만 해도 '결혼하지 않아도 괜찮을까?'라는 일본 영화를 나랑 보자고 조르던 소영이었다. 어쩌면 무의식중에 결혼을 이제쯤 해야 될 것 같은 생각이 들어서 그 영화를 보고 싶다고 했던 것도 같다. 어쨌건 시간이 흐름에 따라 결혼 준비는 진행되어가고 있었다. 결혼 준비 과정에서 많이 예민해지는데 나도 수험생이라 많은 부분을 함께 할 수 없는 아쉬움이 컸다.

한창 공부에 지치고 바쁠 6월에 남동생이 집에 내려왔다. 동생도 갑자기 결혼하겠다고 한다. 그것도 7월에! 결혼식도 필요 없고 결혼예배로 직계가족만 모여서 간단히 하고 싶다고 한다. 갑작스레 결혼 발표도 당황스럽지만 당장 한 달 뒤에 한다는 것도 어이가 없었다. 결혼은 축하할 일이지만 나는 혼주가 족이 되는 것이다. 그런데 중요한 시험이 8월에 있는데 코앞에 결혼식을 하겠다니 참으로 이기적인 동생이다. 화가 나서 나는 결혼식에 참가하지 않겠다고 했다. 소영이도 시댁에서 7월 말쯤 하자고 하셨는데 핑계를 댔지만 사실 나 때문에 9월초로 결혼식 일정을 잡았다. 그런데 내 친동생이 내 생각은 눈곱만큼도 하지 않은 채 결혼을 하겠다고 하다니! 화는 냈지만 나는 누나다. 이해하고 타협할 줄 알아야 했다. 순간 모두에게도 좋은 아이디어가 떠올랐다. 6월 말에 부모님들을 모시고 결혼예배를 하고, 9월에 우리 교회에서 친지들과 부모님의 지인들을 초대해서 결혼식을 하자고 제안했다. 엄마아빠는 결혼식을 하고 싶어 했지만 동생이 간소화시켜서 결혼의 의미만 두고 싶다고 하던 터라 아무 말도 못하고 있었다. 내가 총대를 메었다. 어차피 결혼식 안 간다고 화를 내던 터라 서로 기분은 상해 있었기 때문이다. 동생도 내 말을 듣고 보니 내게도 미안해했고 모두를 위해서 좋은 아이디어라고 동의했다. 그리고 생각보다 더 빨리 결혼예배를 드릴 수 있기에 좋아했다.

한바탕 폭풍 같은 일들이 지나가고 나는 공부에 집중할 수 있었다. 부모님만 서울에 가서 동생의 결혼식에 참가했다. 그래서인지 실감이 나질 않았다. 7월이 되고 더욱더 바빠졌다. 수험생활을 하다 보면 여름이 좋아진다. 최근 몇 년간 여름 휴가를 한 번도 못 간 것은 아쉽지만 더 좋은 장점이 있다. 언제부턴가 포항의 여름은 기온이 40℃를 웃돌고 있었다. 지구 온난화를 몸소 체감하고 있다. 아침 일찍 도서관에 가서 밤늦게 집으로 돌아오니 더운 날씨를 별로 느낄 일이 없다. 도서관은 평균 25℃를 유지하고 있었다. 쾌적한 여름이 수험생에게 행복을 주었다. 점심을 먹으러 나가면 도서관에서 시원한 바람에 몸이 차가워져 있던 터라 바깥은 따뜻하게 느끼면서 다녀오고는 했다.

어김없이 8월은 다가왔다. 올해는 참 이상하다. 시험날 며칠 전에 부모님의 손님들이 방문하질 않나, 큰이모도 시험 이틀 전에 놀러와 계셨다. 차분히 마음을 가라앉히고 정리를 하려는데 집안이 늘 시끌벅적했다. 부산에서 시험을 쳐야 해서 시험 전날 부산으로 갔다. 막내 이모네 댁에 가서 자려다가 숙소를 잡았다. 조용히 시험 준비를 하고 싶어서였다. 부산에 내려가는 길에 막내 이모가 전화가 와서 잘 챙겨 먹이고 싶다고 만나자고 했다. 시험 끝나고 만나는 게 좋겠다며 겨우 거절을 하고 숙소로 들어갔다. 다행히 잠은 잘 왔다. 새벽에 꿈을 꾸면서 일어났다. 꿈에 할아버지가 내 손만 한 금반지를 내 손에 끼워주시면서 말 한마디 없이 웃으면서 내게 왔다가 가셨다. 그 꿈이 어떤 의미인지는 모르겠으나 기분은 좋았다.

　적당한 시간에 일어난 터라 기분 좋게 준비를 하고 시험장으로 나섰다. 시험장은 주차가 되지 않아서 근처 카페에 커피를 한잔 사고 마음씨 좋은 주차장 아저씨를 만나서 싼 가격에 주차했다. 시험장으로 걸어갔는데 정말 가팔랐다. 아침부터 20분간의 등산을 끝내고 시험장에 도착했다. 아뿔싸. 손목시계를 가지고 오지 않았다. 시계를 볼 수 없어서 시험 치는 동안 불안할까 봐 두려웠다. 시험지를 펴는 순간 예전보다 생물 시험의 각 문항이 길지 않았다. 걱정과 두려움이 사라진 채 문제 풀기에 집중하였다. 3시간 만에 2교시까지 모두 끝났다. 9시부터 12시까지 그동안의 나의 노력이 결과로 열매를 맺는 순간이었다. 그래서 더 긴장되고 심장 떨리는 일이다. 시험 운이 좋은 사람들은 그 긴장감을 이겨낼 만한 담력이 있는 것일 수도 있겠다는 생각이 들었다. 특별한 운이라기보다 그 순간을 대하는 자세가 결과에 영향을 끼치지 않을까?

　어쨌거나 시험은 끝났다. 돌아가는 길도 내리막길이라서 가벼운 발걸음으로 갔다. 엄마와 통화를 하고, 이어서 소영이와 통화를 했다. 묵은 체증이 싹 내려가는 듯 했다. 왠지 화학, 유기화학은 다 맞은 것 같았다. 평생 어떤 시험이든 치고 나서 이런 느낌은 없었다. 모든 문제를 정확하게 푼 느낌은 황홀했다. 이번에도 합격을 하지 못한다면 정말 의사란 직업은 나에게 허락되지 않는 것 일까. 그동안 수많은 시간을 공부하고 좌절하고 힘들어하던 때가 떠올랐다. 왜 그렇게 많이 힘들어하고 주변 사람들을 괴롭혔을까. 누구에게도 다른 사람을 괴롭히고 힘들어하게 할 권리는 없다. 하지만 나는 내가 힘들다고 나쁜 감정을 표출했고, 옆에 있는 사람들을 힘들게 했다. 생각해보니 모두 나를 참아 준 것 같다. 그토록 힘들어 했었던 이유는 '나'라는 존재보다 '꿈'이라는 것에 더 초점을 맞추고 살았기 때문이었다. 내가 있어야 나의 꿈도 있다. 내가 꿈을 꾸는 이유와 내가 꿈을 실행하는 이유는 같다. 내가 꿈을 꾸는 오늘이 행복해서 꿈을 꾼다. 내가 꿈을 실행하는 오늘이 행복해서 열심히 살아왔다. 그런데 어느 순간부터 꿈을 위해서 내가 살아가는 것 같았다. 실패하면 나와 내 주변을 어둡고 컴컴하게 만들었다. 동굴에 들어가서 나오지 않은 날들도 허다했다.

주객이 전도되면 모든 것이 뒤엉킨다. 나도 절대 행복할 수 없다. 내가 사랑하는 사람들을 위해서 살겠다는 결심도 온데간데 없어진다. 오히려 그들을 사랑하기는커녕 괴롭힐 따름이다. 그것도 모른 채 정신없이 그려놓은 꿈이라는 허상 앞에서 허덕이는 꼴이 된다. 이때는 그 어느 때보다도 불행해질 수밖에 없다. 꿈을 꾸지 않았던 이전으로 돌아가는 편이 훨씬 낫다. 나는 왜 그동안 행복하게 꿈을 이루면서 지내지 못했을까? '앞으로는 어떻게 될 것인가'에 대한 두려움을 가진 채 살아가고 있었던 것 같다. 끊임없이 내일을 위해서 오늘을 희생해 왔는지도 모른다. 그동안 실패할 때마다 두문불출하며 방에 틀어박혀서 슬퍼하고 있었기 때문이다.

내가 원하는 모습을 이룰 때까지 예전의 친구들을 만나러 나가지 않겠다고 다짐했던 순간들과도 흡사했다. 세상은 생각대로 되지 않는 일투성인데 언제 얼마만큼의 목표를 이루어야 나 스스로를 격려하고 인정해 줄 수 있을까? 내 모습 그대로를 인정하고 나를 바라볼 수는 없었을까? 그랬다면 좀 더 내가 목표한 일도 집중해서 더 잘 해낼 수도 있었을 것이다. 그랬다면 나는 좀 더 행복한 사람이 되었을 것이다. 과정을 중요시 한다고 하면서 시작했던 첫 마음은 언제부터인지도 모르게 이미 사라지고 없었다. 어느새 결과에 연연해서 안절부절 못하는 사람이 되어서 내 스스로가 참 불쌍해 보였다. 시간은 어김없이 같은 간격으로 흘러가고 있다. 나의 젊음도 늘 그렇게 흘러간다. 카르페 디엠! 그 순간을 즐길 수 있었으면 더 풍요로운 삶이 되지는 않았을까? 이제 다시 다

짐 하자. 꼭 의대에 진학하지 않아도 좋다. 나는 나만의 특색이 있고, 잘하는 일들이 많다. 언제나 내 주변에 크고 작은 기회들이 널려있을 수 있다. 내가 한가지에만 집착한다면 다른 기회가 내 옆에 와있는지도 알아채지 못할 것이다. 이제야 포기할 때 포기할 수 있는 것도 능력이라는 것을 처음 깨달았다. 그동안 어쩌면 한 번도 스스로 포기를 해본 적이 없어서 꿈에 집착하고 힘들어 했는지도 모른다. 진정한 꿈을 꾸려면 포기할 줄도 알아야 한다. 멈춰 서서 나 자신을 들여다 볼 줄 알아야하고 돌보고 격려할 줄도 알아야 한다. 그동안 수고 많이 했다. 모든 게 서툴고 욕심 많던 나를 데리고 살아줘서 고맙다. 스스로에게 격려하면서 마지막이 될 시험장을 빠져나왔다.

계속 꿈꾸어도 될까

시험이 끝난 후에는 머리가 멍해진다. 시험을 치르면서 극도의 긴장을 해서 그럴까? 아니면 시험을 준비하던 수많은 시간이 주마등처럼 지나가서일까? 시험을 치기 전 지선에게 부산에 와 줄 수 있냐고 물었다. 시험 끝나자마자 곧장 일박이일 여행을 하자고 했다. 지선이는 흔쾌히 응했다. 시험장 근처 터미널로 가서 지선이를 만났다. 타지에서 만나니 반가웠다. 처음 계획은 거제도를 가는 것이었는데 일요일부터 며칠간 비 소식이 있었다. 거제도에서 배를 타고 소매물도를 가려 했으나 비가 오면 배가 뜨질 못하니 여행 경로를 변경해야 했다. 부산에서 가장 서쪽에 있었던 터라 부산 내로 들어갔다. 부산에 오는 길에 지선이가 몇 군데 장소를 물색해놔서 거리순으로 가까운 곳부터 둘러봤다. 예전에 자주 오긴 했었는데 이틀의 여행은 처음이었다.

감천문화마을로 갔다. 비 소식에 걱정했으나 날씨가 맑았다. 부산은 산동네가 많은데 그 특색을 살려 오래된 집의 벽마다 벽화를 그렸다. 온 산동네가 한 폭의 그림같이 말이다. 그 안에 작은 상점들이 들어와 있었다. 수많은 관광객으로 인산인해를 이루었다. 전망대에서는 남해의 아름다운 경치가 한눈에 들어왔다. 사람들이 길게 줄 서 있는 곳을 보니 얼마 전 방송에서 나왔던 어린 왕자와 여우 조각상이 앉아 있었다. 줄이 길어 포기하고 돌아서서 나왔다. 자꾸 뒤돌아보며 어린 왕자를 바라보면서 갔다.

"지선아, 우리나라에 유명한 전래 동화가 뭐있지?"

"음...... 호랑이와 곶감, 장화홍련, 콩쥐팥쥐...... 아이들이 보기에도 무서운 스토리도 많은 것 같아."

"안타깝다. 그치? 감천 문화마을에 왠 어린왕자래?"

"그러게 말이야. 우리나라에는 어린 왕자 같은 동화는 없었을까? 아님 여기에 둘 수 있는 다른 동화 속 주인공은 없었을까?"

전세계적으로 아는 동화도 중요하지만, 우리의 산동네에 걸맞는 우리의 감성을 자극했던 동화 속 주인공이 앉아있었으면 좋았을 것 같았다. 외국인들을 지나쳐 나와 태종대로 갔다. 10여 년 전쯤 가족끼리 놀러 왔었다. 이제는 태종대 전망대까지 가는 셔틀버스도 있었다. 기다리면서 부산 어묵도 사 먹었다. 전망대에 도착했을 때 날씨가 더 맑았다. 햇빛으로 반짝거리는 넓은 바다를 보니 꿈을 꾸는 것 같았다. 몇 시간 전까지만 해도 죄수처럼 산속 학교에 갇혀서 시험문제를 풀고 있었는데, '삐'굉음과 함께 탈출하듯 빠져나왔다. 반짝거리며 넘실대는 바다의 풍경을 마음껏 보니 그동안의 고생이 씻겨 내려가는 듯했다. 바다 위를 달려 해운대에 도착했다. 역시나 일요일인데도 막바지 여름 휴가를 보내려는지 사람들이 많았다. 유명한 맛 집을 가니 1시간은 기다려야 했다. 이제 남는 건 시간이라 주변을 돌아다니면서 구경을 하다가 돌아와서 저녁을 먹었다. 여유롭게 맛있는 음식을 먹으니 몸과 마음이 충전되었다. 짐을 풀고 나와서 고층 건물로 반짝거리는 해운대 주변을 걸었다. 요트 선착장 위에 펍이 있었다. 바다 옆에 앉아서 야식을 먹으며 부산의 반짝거리는 높은 건물들을 바라보니 해외여행이라도 온 듯했다. 도시의 불빛이 하늘을 바라보지 못하게 했다. 어느새 하늘은 까맣게 도시의 배경이 되어 주고 있었다. 각양각색의 빛은 하늘의 수많은 별도 잊게 했다.

정말 오랜만에 두 다리 뻗고 푹 잤다. 일어나서 어젯밤 찾아놓은 근처 맛집 두 군데나 들러서 배를 채운 뒤 달맞이 길로 갔다. 폐기찻길을 걸으면서 주변의 아직 개발되지 못한 허름한 집들을 봤다. 할머니, 할아버지들이 주로 사시는 것 같았다. 집 옆에는 작은 밭이 있어 소농작물도 재배하셨다. 기찻길 위에 서서 해운대 쪽을 바라보았다. 높은 건물들이 서서히 도시를 잠식하고 있었다. 폐 기찻길을 관광지로 만들어서 이 집들도 조만간 사라질 수도 있겠다 싶었다. 그러면 이 사람들은 어디로 갈까? 산 중턱에도 드문드문 집들이 있었고 닭, 개 등이 집을 지키고 있었다. 도시의 화려함이 커질수록 그 그림자는 더 짙고 어두워져 간다.

내가 하고 싶어 하는 의사도 그렇지 않을까? 사람들이 생각하는 것처럼 의사가 직업으로써 화려하다고는 생각하지 않는다. 다만, 내가 그리던 꿈은 화려할 수 있다. 사람들을 사랑하고 치료하고 열정을 다해 연구한다는 나의 꿈은 매우 이상적이다. 일과 봉사를 동시에 할 수 있다는 장점이 있다. '건강을 잃으면 모든 것을 잃는다.'는 말이 있다. 각 개인의 삶의 최전방에서 함께 서 있고, 도와줄 수 있는 직업 중의 하나가 '의사'이다. 굉장히 모호하고 애매하게 들릴 수 있다. 나도 구체적으로 아직 어떻게 이 꿈을 이룰 수 있는지는 아직 모르니까……. 그냥 그렇게 하고 싶다. 미디어 매체는 의학드라마를 통해 의학을 사랑과 희생의 대명사로 그린다. 화려함을 표현한다. 하지만 현실은 병원에 가 보면 표정이 없고 햇빛을 얼마나 보지 못했는지 다들 하얗다. 학교생활을 들어보니 한 강의 때 200장 정도의 슬라이드를 넘기며 수업을 한다고 한다. 이해 따위는 필요 없고 일단 무조건 암기! 시험은 밥 먹듯이 찾아온다. 선, 후배 관계도 까다롭다. 군기 같은 것도 있다.

가장 걱정되는 것은 해부학 수업이다. 평소 요리를 해도 꼭 손질된 생선, 고기를 산다. 미끄덩한 생선의 감촉이 소름끼치기 때문이다. 죽은 눈이지만 나를 노려보고 있는 것 같아서 건들지 못한다. 예전에 친구와 봉사활동을 갔는데 다른 사람들이 끼리끼리 뭉쳐서 실내 미화 작업을 했다. 우리 둘은 21살임에도 불구하고 주방 보조를 시켰다. 100여명의 사람들 밥을 하니 강의는 하나도 듣지 못하고 녹초가 되었었다. 하루는 생선 튀김을 해야 했다. 작은 생선이라 내장 손질은 되어있었지만 머리가 붙어 있는 채로 튀김옷을 입히고 튀겨야 했다. 한참을 고민하다가 장갑을 여러 개 끼고 해보려 했으나 쉽지 않았다. 여전히 생선은 나를 노려보고 있었고 감촉은 미끄덩거렸다. 100마리 넘게 만져야 해서 한 마리도 채 못하고 친구에게로 갔다. 제발 바꿔달라고……. 친구는 별일 아니라며 기꺼이 생선 튀김을 했다.

의사인 친구들에게 의대 생활을 물어보니 해부학도 누구나 할 수 있다고 한다. 상세한 설명을 들으니 끔찍함에 웃음이 나오질 않았다. 그날 밤 끔찍한 꿈을 꿨다. 해부학 수업에 개구리를 해부하며 구조를 살피고 있었다. 손을 덜덜 떨면서 시작하는데 교수님은 옆에서 빨리하라고 재촉이었다. 잘 못 건드려서 내장이 터지고 엉망이 되었다. 소리치며 잠에서 깼다. 꿈의 내용은 금방 사라져 버렸으나 끔찍하고 두려웠던 감정은 계속 남아있었다. 나 할 수 있을까? 모르겠다. 이렇게 힘들게 수험준비를 했는데 입학을 하게 된다면 당연히 꼭 참고 누구보다 열심히 해야 할 거다. 쓸데없는 고민을 하고 있는지도 몰랐다.

시험이 끝난 후의 공허함은 바로 찾아오지 않았다. 부산 여행 덕분이었다. 오래된 도시의 재생과 새로운 초고층 건물들의 화려함, 이면의 쓰러져갈 것 같던 집들, 늘 한결같이 아름다운 바다는 많은 생각을 하게 해주었다.

나의 과거는 어떻게 재생되어가고 있을까.

과거로부터 도망치려고 무던히도 애썼다. 어느 순간부터 지워야 할지 몰라서 가지고 있던 사진을 모조리 다 지웠다. 그동안 알았던 사람들도 만나지 않았다. 언제나 모임을 주도하던 나였는데, 전혀 다른 사람이 되도록 노력했다. 나를 처음 보는 사람들 틈에 끼어서 살아가려고 무던히도 노력했다. 도망치다 보니 길을 잃었다. 내가 누구인지도 이제는 모르겠고, 어디에 서 있는지도 모르겠더라. 다시 나를 찾기 시작했다. 나의 모든 모습을 인정해보기로 했다. 아직은 답을 찾지 못했다. 나의 모습과 내 과거의 모든 일들이 내 삶에 얽혀있다는 사실도 인정이 되지 않는다. 글을 쓰는 이 순간에도 솔직하고 싶지 않을 때가 많다. 조금 용기를 내어본다. 누구에게도 하지 않았던 이야기들을 써내려가면서 나를 찾고 싶고, 나의 길을 찾고 싶다.

화려한 고층 건물들처럼 새것으로 내 인생이 뒤덮여 버릴까? 그렇지는 않을 것이다. 과거에서 도망치는 것은 한계가 있다. 어쩌면 생이 끝날 때까지 도망쳐야 할 수도 있다. 이게 가능할까? 나는 거짓말을 하면 금세 얼굴이 빨개진다. 이런 모습이 재밌어서 친구들뿐만 아니라 동생들까지도 종종 놀리곤 한다. 도망치기 위해서는 가끔은 뻔뻔한 얼굴로 거짓말도 해야 했다. 그동안은 나름 잘했던 것 같다. 사람들도 별로 안 만나니 어렵지는 않았다. 그렇다고 언제까지나 이렇게 있을 수는 없지 않은가. 금세 얼굴이 빨개지는 신체적 약점 때문에 포기하기로 했다. 이제는 내 이야기를 누구에게 얼마만큼 했는지도 기억이 나질 않는다. 약해진 기억력도 한몫한다.

　새로이 쌓은 꿈들은 앞으로 어떤 모습을 이룰까? 그 사람의 과거를 보면 앞으로 어떻게 살지 보인다고 했다. '과거에 실패했으니 앞으로도 그럴 것이다.' 라는 추측이 아니다. 인생의 길 위에서 만난 일들과 사람들을 어떻게 대했는지에 대한 태도에 관한 내용이다. 미련해 보일 만큼 포기할 줄 모르고 살았다. 융통성이 없기도 했다. 모든 문이 닫힐 때까지 최선의 노력을 다했다. 어떨 때는 내가 할 수 있는 이상의 힘을 이끌어 내기를 노력했다. 울면서도 일어나서 일을 하러가고, 공부를 하러 갔다. 아직은 아무것도 이루지 못한 내가 부끄러워 의기소침해질 때도 많다. 쌓여가는 꿈들은 나를 오늘도 일어나게 하는 원동력이 되었다. 계속 혼자 있다는 것은 생각보다 힘든 일이다. 때로는 인정받고 싶고, 때로는 위로 받고 싶다. 내 안에 일어나야할 힘을 길러둔다면 가끔은 혼자여도 괜찮다. 나 자신을 기대하게 한다. 오늘을 기대하고, 내일을 기대한다. 그 기대가 쌓여 몇 년 뒤를 희망에 차서 바라보기도 한다.

　생각해보니 나는 항상 생각이 많았다. 지금의 나의 결정이 오 년 뒤에 어떤 파급을 끼칠까에 대해서도 생각했다. 5년, 10년 뒤의 내 모습도 종종 그려보았다. 오늘의 내 손에는 아무것도 쥐고 있지 않았지만, 나의 미래를 향한 상상력은 나의 좋은 패가 되었던 것 같다. 아직도 나는 꿈꾸고 매일 이루어가면서 살아가고 있다. 아직 원하는 꿈의 그림자도 보이지 않지만 매일 다가가면 언젠가는 보일 것 같다. 또 언젠가는 다른 꿈을 꾸고 있을 나를 상상하니 구름 위를 뛰어다니는 것 같다.

꿈에 한 발자국 더 가까이

얼떨떨한 점수가 나왔다. 아마 상위 1~2%는 될 것이라고 한다. 이전에 이런 등수를 받아본 적이……. 아! 중학교 3학년 때가 마지막이었다. 20년이 지난 지금 의대를 준비하는 학생들 4000명 가운데서 이 성적을 받았다. 그래도 두려움은 기쁨과 공존했다. '불합격'이라는 단어가 나와 친숙했기 때문이다. 무슨 일을 하든 꼭 한번은 성취를 해보라는 소리를 들었다. 어떠한 일이든 상관없다. 한 번도 성취를 해본 경험이 없으면 자신이 무엇을 할 수 있을 거라는 기대도 사라진다고 한다. 나 역시 그렇다. 그동안 무엇이든 좋은 결과를 낳은 적이 없었기에 철저히 패배주의로 찌들어있었다. 누군가에게 털어놓기에도 매일 같은 소리만 하는 것 같아서 혼자서 끙끙 앓고 있었다. 주변에서는 당연히 합격할 점수라고 했지만 내 생각은 달랐다. 의학과 상관없는 이력 투성이로 전혀 경쟁력이 없었고, 막 부려먹기에 나이가 많은 단점도 있다.

면접 스터디를 구했다. 총 세 개의 학교에 지원했다. 주말을 제외하고 월요일부터 금요일까지 매일 스터디를 했다. 사실 한 두 개만 구해서 해도 되었다. 불안한 마음에 욕심을 부렸다. 어차피 시간도 많았다. 다른 사람들은 일을 하거나 학교를 다니느라 바빠서 한 스터디만 하기도 했지만 나는 면접 준비만 하면 되니 어려울 것이 없었다. 최대한 다양한 사람들과 면접을 준비하면 실제 면접 때에 덜 떨릴 것 같았다. 웹 카페에서 스터디를 알아보다가 마침 조선대의 MMI 방식 면접 스터디를 구한다는 글을 보았다. 반가운 마음에 바로 톡으로 연락을 했다. 허걱.

"언니! 저 수영이예요!"

작년 스터디를 함께 했던 친구였다. 나는 떨어졌지만 다들 합격하기를 바랐는데 수영이도 올해 시험을 봤나보다. 함께 했던 스터디원들을 그리워하고 있던 터라 반가웠다. 작년에 가장 즐겁고 유익하게 면접을 준비했던 모임이라 올해도 꼭 그런 스터디를 만났으면 하고 있었다. 그 중 한명을 만나니 다행이다 싶었다. 5명의 조원이 모였다. 어색하게 간단한 소개를 하고 한 명씩 모의면접을 했다. 의료시사도 각자 준비해 와서 의견을 나누었다. 서로 일을 분담해서 하니 더 많은 공부를 할 수 있어서 편했다. 평균 9살은 차이 났지만 서로 존댓말을 썼다. 나이의 격 없이 서로를 존중하면서 면접 준비를 할 수 있어서 부담이 덜했다. 내가 20대 때는 30대 중반의 사람들이 있을까 라는 생각도 했었기 때문이다. 나는 절대 나이가 들지 않을 것처럼 살았다. 20대가 30대에게 하는 '동안이예요'라는 말은 어쩌면 '그 나이에 사람들을 내가 만나볼 수 없고 가늠이 되질 않는다'라는 뜻과 일맥상통한다. 실제로 동안이면 더 좋겠지만 내가 30대 중반이 되어보니 이 말의 뜻을 이제는 알겠다.

점수에 따라서 사람들도 나를 다르게 본다. 턱없이 부족한 점수일 때는 "아직도(나이가 들었는데도) 열정이 많으시네요!"라는 소리를 종종 들었다. 성적을 잘 받으니 내 나이는 별로 생각하지 않고 점수의 경의를 표한다. 여러 번 자기소개서도 써보고 내가 왜 의대에 진학하려고 하는지 글을 쓰다보면 점점 더 내가 꿈을 이루려는 이유가 분명해진다. 사람들의 어떤 시선과 말에도 흔들리지 않는 나를 발견한다. 나이 때문에 나를 소개할 때 조금은 부끄럽고 쑥스러운 마음이 있지만 몇 번하다보면 괜찮지 않을까 싶다.

꿈을 이루기에 나이는 상관없을까? 약간은 상관있다. 때에 따라 주어지는 환경이 있다. 학창시절에는 공부하기에 최적의 환경을 주위에서 만들어준다. 그렇지 않은 경우도 많지만 일반적인 경우만 언급을 하겠다. 대학시절도 자유는 생기지만 공부를 할 수 있는 환경이 된다. 어쩌면 대학시절부터 또는 졸업 후는 생업 전선에 뛰어들어야 한다. 사회를 많이 경험할수록 머릿속은 복잡해진다. 나이가 들어갈수록 나의 선택에 따른 결과라는 책임은 더 커진다. 선택이 점점 더 힘들어지는 일이 많이 생긴다. 각자가 어떤 꿈을 꾸느냐에 따라 현실화에 대한 어려움의 강도가 달라진다.

나는 남들보다는 좀 더 어려운 일을 선택했다. 함께 스터디하는 친구들을 봐도 그렇다. 동국대 스터디에서는 4명이 함께 시작했는데 중간에 한명이 교체된 것까지 생각하면 나빼고 모두 대학생이었다. 학교를 다니면서 면접을 준비하는 것은 어려운 일이었다. 12월이 되면 기말고사와 과제가 다가온다. 병행하는 것은 바쁜 일상에 치여서 힘들게 했지만 주변의 모두가 공부할 수 있는 환경을 만들어 주는 듯했다. 대학교 졸업하고 바로 또 다른 학교로 진학하면 시간적으로도 꽤 경제적으로 살아가는 것이다. 경험이 중요한 밑거름이 된다고는 하지만 아직은 그 맛을 알 수 있는 나이는 아니었다. 의대에서 원하는 스펙을 쌓는 것과는 별개의 삶을 살았던 나와는 다른 팀원들은 준비가 되어있었다.

같은 꿈을 꾸는 사람들끼리 있으면 그 꿈의 정당성에 대해 설명하지 않아도 된다. 밖으로 나가면 왜 아직도 이러고 있는지에 대해 때론 설명해야 할 필요가 있다. 면접을 준비하던 중이었다.

"왜 의사가 되고 싶나요?"-의대 면접 단골질문이다.

"사람이 무엇을 하는데 꼭 인과관계가 뚜렷한 이유가 있어야 되나요? 그냥 하고 싶을 수도 있잖아요!"

그렇다. 나는 내가 왜 건축을 그만두었는지에 대해 대답하라고 하면 한마디도 대답할 수 없을 거다. 나는 여전히 아름다운 공간을 보면 가슴이 뛴다. 왜 의사가 되려고 하냐고 물어보면 '그냥 하고 싶어서요.'라고 대답하고 싶다. 사람들은 의아해 한다. 그냥 하고 싶은데 왜 긴 시간 힘들 게 고생하고 있냐고. 그 말을 들으니 나의 대답 속에 '그냥'은 단어 뜻 그대로의 '그냥'이 아닌 것 같다. 말로 표현하기는 힘들지만 내 안에 있는 어떤 열정에 관한 것이다. 또한 며칠을 이야기할 수 있는 길고 장황한 이유가 있다. 나의 이야기를 풀어내는 순간부터 나는 인정과 공감을 받고 싶어 한다는 것을 안다. 그래서 '그냥'이라고 축약하고 싶다. 아직도 펼치지 못한 나의 꿈이 꺾여지게 하고 싶지는 않아서이다. 내가 원하는 지지를 받을 수도 있다. 경험상 이야기를 다 털어놓을 때까지 상대방이 어떻게 반응할지는 모르는 일이다.

아무도 만나지 않았던 나의 수험 생활과 면접 준비 기간에서 면접 스터디는 매일의 활력소가 되기도 했다. 작년에 떨면서 대답도 제대로 못했었지만 올해는 제법 말을 잘 했다. 좀 더 정리된 표현으로 대답을 썩 잘 했다. 면접 준비서 몇 권을 사서 준비했다. 책에 나오는 제시문을 활용해서 대답하고 면접관처럼 질문을 하고 면접자가 대답하는 형식으로 했다. 사람들이 좋다는 책도 모두 사고 수업도 들었다. 학교마다 기출문제가 있지만 어떻게 나올지는 모르는 것이었다. 면접을 잘 보고 싶었다. 처음이자 마지막 면접이 될 것이기 때문이었다. 한 스터디원은 내게 그랬다. 꼭 될 것 같다고……. 나의 점수 때문이 아니었다. 그만큼 내가 면접을 준비하는 노력이 컸기 때문이었다.

서울은 포항보다 약 10℃ 정도 더 낮은 온도인 것 같았다. 겨울을 싫어하는 나로서는 힘든 매일 이었지만 버텼다. 매일 옷을 몇 겹씩 껴입고 다녔다. 신촌의 젊은 거리에는 차가운 청바지를 발목이 드러난 채로 입고 다니는 사람들이 많았다. 나는 아마 그런 차림으로는 한 걸음도 집 밖을 나갈 수 없으리라 생각된다. 동시에 내가 참 힘든 일을 준비하고 있구나 싶었다.

일차 발표가 났다. '1차 합격을 축하합니다.'라고 화면에 떴다. 눈물이 앞을 가렸다. 이 순간을 위해서 얼마나 많은 시간을 괴로워하고 힘들어했던가! 그 어느 때보다도 감격스러웠다. 열심히 일한 뒤 밥 한 숟가락 떴을 때의 기분이다. 허기에 가득 찼을 때 입안으로 들어간 어떤 음식도 달콤하다. 나의 친애하는 친구들이자 지지자들에게 합격소식을 알렸다. 그동안의 고생을 지켜봐 왔던 터라 자기 일처럼 기뻐했다. 가장 기뻤던 것은 더는 내가 왜 아직도 공부하고 있는지 설명하지 않아도 되어서 좋았다. 이전의 불투명하던 나의 꿈이 아니다. 한 발 짝 가까이 내 앞에 와 있었다. 처음으로 면접을 볼 수 있게 되었다. 집을 지을 때 매일 쌓아 올린 벽돌이 어느 날 집이 완성되는 것처럼 나의 꿈도 보이지 않게 쌓아 올라가고 있었다. 나의 하루하루가 축적이 되어 오늘의 결과를 낳았을 것이다. 속상하게도 내 꿈은 남들보다 조금은 느리게 나에게 다가왔지만, 결국은 열매를 수확했다. 아직은 최종 발표가 아니지만, 면접은 자신 있었다.

수험생활의 가장 힘든 점은 불합격했을 때이다. 직장 생활을 하면 경력이라도 남는다. 이후 이직을 할 때도 이력서에 한 줄 쓸 수 있다. 그동안 나는 놀고 먹지 않았다는 의미의 한 줄. 나는 이 일을 좀 더 해봤다는 의미의 한 줄. 입학 원서를 쓰면서 깨달았다. 이력을 쓰는 란에 시간 순서대로 써야 했다. 중간중간 대학원 준비, 의대 준비로 몇 년씩 비어 있었다. 경력서 하나 발급받을 수 없는 수험 생활을 누구한테 이야기할 수 있다는 말인가. 이력서는 증명서류가 발급 가능한 것만 쓸 수가 있다. 평가할 때는 일의 결과만 놓고 본다. 그렇기에 수험생활에서 내가 배운 것들은 결과적으로 최종 합격이 되지 못하면 무용지물이 된다. 불합격 후 그동안에 애썼던 시간과 지식은 정말로 소용이 없는 것인가에 대해 슬퍼한다. 다른 일을 하러나가기에 경력단절로 더 힘들어진다. 다시 주저앉아 공부할 때도 있다. 정말 무용지물일까? 그 답은 각자에게 있을 것이다. 당장은 절대 모른다. 나도 지금은 모르겠다. 아무것도 시작하지 않았을 때의 나와 지금의 나를 비교해볼 재간이 없다. 언젠가는 그 답도 찾을 수 있었으면 좋겠다. 나의 삶에서 어떠한 순간도 버려지지 않기를 간절히 원한다.

기나긴 기다림 끝에 합격

　한 대학교 면접 전날이 되었다. 광주로 갔다. 도착하자마자 미디어 매체를 통해서만 들었던 말들이 귀에 들린다. 전라도 사투리. 꼭 영화 속에 들어온 듯했다. 경상도에서 나고 자라서 서울에 있다 보니 들을 일이 거의 없었다. 경상도 사람들보다는 서울말을 잘 쓰는 것 같다. 경상도는 억양이 세서 고치기가 힘들다. 어디에서나 표시가 나는데 전라도 사투리는 그렇지 않았다. 쓰는 사람을 거의 보지 못했다. 앞으로 4년은 살 수도 있겠구나 싶어서 귀를 익숙해져 보려 했다. 사람들은 친절했다. 면접 날 아침 택시를 타고 가는데 한껏 응원을 받고 학교에 도착했다.

　격식 있는 면접은 처음이라 떨렸다. 학장님이 들어오셔서 이런저런 이야기를 하시는데 점점 무서운 분위기였다. 작은 실수도 허용되지 않는 듯한 분위기를 만들었다. 계속 앞에 서 계셔서 언제 화장실을 가야 할 지도 몰랐다. 괜히 움직였다가 혼날 것 같아서 기다렸다. 수험번호별로 조를 나누어서 면접장으로 갔다. 젠장. 내가 제일 첫 번째 면접자였다. 처음 면접을 보는 것은 괜찮았다. 기다리는 동안 더 긴장을 하는 것보다는 나았으니까. 게다가 다음 조는 아무런 노트도 보지 못한 채 가만히 한 시간을 기다려야 했다. 문제는 화장실이 급했다. 도와주는 스테프에게 이야기했으나 학장님이 안 된다고 했다. 면접이 시작되면 40분 정도는 꼼짝없이 참아야 한다. 최악의 컨디션에서 면접을 볼 수는 없었다. 그렇다고 마음대로 갈 수도 없고 난감했다. 겨우 면접 직전에 다른 교수님께서 화장실에 보내주셨다.

면접실 앞에 섰다. 떨리는 마음으로 들어갔다. 면접관 두 분이 앉아계셨다. 밝고 힘차게 인사를 했다.

"안녕하십니까! 한……. 면접자입니다."

긴장한 나머지 이름을 말할 뻔했다. 흔한 김 씨였다면 좋았을 텐데 하필이면 흔하지 않은 한 씨라니……. 면접 전 오리엔테이션 때 블라인드 면접이라고 이름을 말하면 감점이라고 했다. 성을 외치는 순간 아차 싶었다. 교수님이 웃으시며 처음이라 긴장이 많이 된다며 격려해주셨다. 제시문이 앞에 놓여있었다. 면접 시간은 총 10분. 제시문을 읽고 질문 3가지에 대한 답을 생각한 뒤 대답을 하면 된다. 교수님들의 질문에 대답도 하면 끝날 것이다. 난감한 제시문이었다. 내가 담당의인데 나의 실수로 환자가 죽었단다. 일단 내가 잘못했다고는 해야 하는데 책임 문제에 대해서 따지고 드는 질문이 예상되었다. 차분히 답을 해나가기 시작했다. 보호자가 소송 걸면 의사면허 취소될 수도 있는데 그래도 내 실수를 인정할 것이냐는 질문이 왔다. 최대한 설득을 먼저 해보겠다고 했다. 이어지는 더한 곤란한 상황들에 난감해하면서 대답을 했지만 찝찝한 채로 면접실을 나왔다.

처음보다 더 두려운 마음으로 두 번째 방에 들어갔다. 여기도 딜레마 상황 제시 방이었다. 내가 인턴인데 혼자 중앙주사실을 맡고 있다. 레지던트로 지원하고 싶은 과에서 수술 보조를 하라고 한다. 그 과는 경쟁이 치열해서 기회가 주어질 때 꼭 해야 다음 해 레지던트가 되는 기회를 가질 수 있다고 한다. 처음부터 거절하고 맡은 일만 한다고는 할 수 없을 것 같았다. 비현실적으로 느껴졌다. 현실에서는 다들 할 것 같았기 때문이다. 답을 말하기 시작했다. 맡은 일의 스케줄의 조정 후 수술 보조도 들어가서 열심히 하겠다고 했다. 수술에서 배우는 것이 많기 때문에 놓치기는 아깝다고 말했다. 대답을 하다 보니 중앙주사실의 담당 교수님도 나의 부재에 화가 나시고 내가 원하는 과의 담당 교수님도 매번 수술 보조를 서지 않는 것에 대해 불만을 표하고 있었다. 둘 다를 설득해 보라는 것이다. 당황했지만 나는 면접관들이 좋아할 만한 키워드를 말한 것 같다. 맡은 일을 충실히 해야 하는 것은 병원에서 인원을 배정할 때 이유가 있기 때문이라고 했다. 나는 내가 하고 싶은 과만 보일 수 있지만, 인원을 배정하고 관리하는 교수님들에게는 전체적인 필요에 따라 일을 분담하는 것이기 때문에 따라야 한다고 했다. 이 순간 대답이 흡족하셨는지 무언가를 적어 내려가기 시작하셨다.

마지막 방으로 들어갔다. BMI와 유방암에 관한 그래프가 제시되고 이에 따른 질문들이 적혀있었다. 쉽지 않았지만, 차분히 대답했다. BMI에 대한 정의를 내리고 그래프에서 나온 유방암 유병률의 상관관계에 관해 설명하였다. BMI 식을 제대로 못쓰는 것을 아시고서는 나의 치수를 넣어서 계산해 보라고 했다. 체중kg/키cm 라고 말하면서 머릿속으로 계산해 보니 전혀 답이 나오질 않았다. 망설이지 않고 정확히는 모르겠다고 대답했다. 이어서 에스트로겐이 유방암에 어떤 영향을 끼치는지 정확한 기전을 설명하라는 질문을 받았다. 생물 지식은 시험 범위로 한정되어있었다. 뉴스를 통해 '에스트로젠이 유방암에 끼치는 영향에 대해 들은 적이 있다. 교수님들이 원하시는 답은 이런 것이 아니다. 정확한 생물학적인 답변이 필요했다. 이번에도 어쩔 수 없이 일반적인 상식만 대답하고 에스트로젠의 다른 기작을 설명할 수 있는데 내가 아는 대로 대답을 다 해도 될 지 여쭤보았다. 그러라고 하셔서 내가 공부했던 내용을 자세히 설명하고 면접이 종료되었다.

마지막은 인공지능에 관한 강의를 보고 요약을 한 후 질문에 대한 답을 써서 제출하는 형식이었다. 긴장하고 추웠던 터라 강의를 보는 동안 약간 졸리긴 했지만 15분 만에 끝나서 그럭저럭 써서 냈다. 심혈을 기울여야 한다는 생각에 요약을 열심히 쓰다 보니 총 15분 중에서 10분을 사용했다. 그 뒤의 두문제가 더 중요했는데 어쩔 수 없었다. 시계를 꼭 착용하는 습관을 들여야겠다. 중요한 시험 때 꼭 안 가져가서 난감하게 했다.

이렇게 나의 첫 면접은 끝났다. 그동안 준비했던 면접 내용 중에 나온 것은 없었다. 매일 애쓰면서 준비했던 문제들이 하나도 나오지 않아서 속상하고 허무했다. 하지만 어떠한 질문 공격이 와도 대답을 할 수 있는 무기를 지니게 된 것은 확실하다. 그동안 나올 수 있는 많은 상황을 연습했고 생각해 보았다. 기본적으로 의사로서 해야 할 사고와 태도를 익혔는지도 몰랐다. 여전히 면접을 잘 봤는지에 대한 답도 없고 불안한 마음뿐이었지만 끝났다. 이제 드디어 가지고 있는 주사위를 모두 던지고 그 결과를 기다리고 있다. 합격해야 지금의 나의 꿈이 이루어진다. 그동안 간절히 1차 합격을 바랐고 면접을 볼 수 있기를 바라고 또 바랐다. 우선 작은 꿈 하나는 이루어졌다. 면접을 보았다는 것에 기뻤다. 면접이 끝난 후 우연히 한 기업의 면접관에게 들었다. 면접의 최고의 키워드는 '정직성'이라고 했다. 아는 것을 최선을 다해서 대답하고 모르는 것을 중

언부언하지 않고 모른다고 대답했던 것이 통했던 걸까?

'귀하의 합격을 진심으로 축하드립니다.'

안 먹어도 배가 부를 것 같다. 합격이라니! 정말이지 말도 안 된다. 간절히 바랐을 뿐 이루어질 것 이라는 생각은 하지도 못했다. 경험은 나를 패배에 익숙한 사람으로 만들기도 했다. 처음 준비하기 시작했을 때는 꼭 되리라는 소망이 있었다. 시간이 갈수록 거절의 메시지를 계속 받다 보면 그 소망도 사라져갔다. 그러나 나는 주저앉지 않았다. 아니, 많은 순간을 넘어지고 주저앉았지만 포기하지 않았다. 느리지만 천천히 다시 일어났다. 오늘을 최선으로 살아내려고 부단히도 애썼다. 남들이 보면 정체되어있는 것 같았지만 나는 한자리에 있지 않았다. 한 걸음을 가는 날도 있고 백 걸음 이상 뛴 적도 있다. 한 발짝도 못 내딛는 날도 허다하다.

꿈을 꾸고 이루는 삶을 사는 것은 힘든 일이다. 꿈이 현실이 될 때까지는 어느 순간도 명확히 보이지 않기 때문이다. 그러니 내 꿈이 나를 먹여 살리게 해야 한다. 나의 오늘을 열심히 살아가게 할 원동력이 되어야 한다는 뜻이다. 꿈이 이루어진 결과를 보지 말고 매일 이루어질지 모르겠지만 준비해가는 자세가 필요하다. 꿈이 있다고 즐겁고 행복한 것은 아니다. 그만큼 괴롭고 힘든 일이다. 얻지 못할 때, 아무리 열심히 해도 결과물이 보이지 않을 때 매번 넘어지고 주저앉게 된다. 꿈이 이루어질 것이라는 희망은 때론 희망 고문이 되기도 한다. 희망은 오래가지도 않는다. 매일 아침 간절히 바라는 소망으로 활기차게 일어날 수 없다. '간절히 바라면 이루어진다.'라는 말도 있지만 나는 그렇게 생각하지 않는다. 내게 주어진 오늘의 숙제를 해내야 한다. 대부분 즐겁게 할 수 있는 일이 아니다. 내 안의 열정으로 모든 것이 움직이지 않는다. 때로는 억지로 해야 한다. 대부분 의무적인 생각으로 버티고 해야 한다. 가끔 내 꿈을 꺼내서 바라보면서 힘을 내보고는 다시 마음속에 넣고 지루하고도 힘든 하루하루를 쌓아 나가야 한다. 어느 날 생각지도 못한 때에 꿈은 현실이라는 이름으로 찾아오기도 한다. 때로는 포기라는 이름으로 찾아오기도 한다.

어쩌면 어릴 적부터 학교에서 '꿈'을 누구나 거창하게 생각할 만한 목표로 배워서 어렵게 생각할 수도 있다. 나 또한 입신양명하는 것이 꿈을 이루는 삶이라고 생각했다. 내가 하고 싶은 일을 찾는 데는 적극적이었으나 그 일의 최종 목표는 사회적 높은 지위, 돈, 명예 등으로 설정을 했었다. 그래서 유학의 실패를 큰 의미로 받아들이고 많이 아파했었다. 한국에 돌아와서 긴 시간 수험생활을 하면서 느낀 것이 있다. 처음에는 계속 힘들고 우울하기만 했다. 합격하기 전까지는 나는 아무것도 아닌 사람이라고 생각했다. 행복은 내게 없는 것인 줄 알았다. 그런데 어느 날 내가 행복하게 웃는 모습을 보았다. 여전히 입학의 문앞에서 실패자였을 때지만 내가 웃을 수 있는 것을 알았다. 내가 사랑하는 사람들과 함께 맛있는 음식을 먹을 때, 커피를 마시며 노닥거릴 때였다. 그동안얼마나 미래를 위해서 오늘을 희생했나 싶었다. 내가 나중에 하고 싶은 일은 찾았지만, 오늘 내가 웃을 수 있고, 뿌듯해 할 수 있는 일에 대해서는 생각하지 않았던 것 같다. '꿈'이라는 것도 그렇지 않을까? 직업과 삶의 방향을 정할 수 있는 장기 계획은 매일 해야 할 일을 정해준다. 보고 싶은 사람을 만나는 것, 먹고 싶은 음식을 먹는 것, 가고 싶은 곳을 가는 것처럼 평범한 일들도 꿈이 될 수 있다. 나의 작은 바람이 나의 오늘을 더 풍요롭게 하고 보이지 않는 미래를 준비할 수 있는 원동력이 된다.

오늘도 꿈을 꾼다. 미래에 대한 두려움으로 결코 움츠러들지 않기로 결심한다. 크고 깊은 숨을 쉬면서 천천히 멀리 내다본다. 이내 보통의 속도로 숨을 쉬며 오늘을 살아간다.

마치는 글
또 하나의 꿈

꿈에 대해 글을 써보자고 다짐하고 책 한 권 만들어보겠다는 꿈을 품었다. 숨을 크게 들이쉬고 멀리 내다보았다. 곧 눈앞에 놓인 매일의 삶의 목표를 세웠다. 매일 A4 용지 2~3매 글쓰기. 쉽지 않았다. 책상 앞에 앉아서 꾸준히 쓰는 건 생각보다 어려웠다. 결국 면접 준비로 바빠져서 아예 손을 놓게 되었다. 마음의 짐처럼 남겨진 글쓰기를 마지막 면접이 끝난 후 다시 시작했다. 마지막 챕터를 제외하고 불투명한 미래의 연속이었다. 아직도 꿈이 이루어지지 않은 상황에서 꿈에 대해서 내가 이야기할 수 있을까? 누군가에게 꿈에 대해 이야기를 할 수 있을까? 누가 이 글을 읽고 꿈을 쉽게 품어볼 수 있을까? 의구심이 계속 들었다.

캄보디아에 1년간 가기로 결정하고 교회 청년부에서 꿈에 대한 10분 스피치를 한 적이 있다. 책에도 글 한 페이지를 실었다. 그때가 처음이었다. 사람들 앞에서 꿈에 대한 열정을 이야기한 것이……. 그 후 다른 곳에서도 두 차례 더 스피치를 한 적이 있다. 누군가가 나를 불러서 꿈에 대한 열정에 대해 이야기를 해달라고 했다면 내 안에 그것이 있는 것일까? 그런가보다. 내가 느낀 것과 열정이 있는 마음 속의 이야기를 했었다. 글쓰기를 잘 못하지만 꿈에 대한 열정을 글에 담을 수는 있다는 것을 알게 되었다. 누군가에게 나의 이야기를 전달하기 위해 글을 쓰고 평가를 받았다. 글 수정을 위해 성애가 발 벗고 나서줬다. 이 후 의대, 의학전문대학원에 원서를 쓸 때 자기소개서를 여러 번 쓰면서 성애에게 글쓰기에 대해 많이 배웠다. 명료하면서도 진정성 있는 글을 쓰는 법과 누구나 글쓰기를 할 수 있고 나도 글을 잘 쓴다는 격려를 받았다. 몇 번에 걸친 격려와 글쓰기 지도, 수정을 통해서 '나도 작가가 될 수 있다'라는 꿈을 키우게 되었던 것 같다. 언젠가 내가 성공하면 그 소재들을 글쓰기로 활용할 수 있을 것이라는 '20년 장기 프로젝트'를 남몰래 꿈꾸고 있었다.

용기를 내어 글을 쓰기 시작했다. 꿈을 찾고, 마음에 품고 그려보면서 고군분투한 모든 시간들이 소중한 꿈의 일부라는 생각이 들었다. '영원히 자라지 않는 만년 소년 피터팬' 같이 살아서 현실감각 없다는 소리를 들을지라도 이 삶이 주는 행복을 이야기하고 싶었다. 혹자는 내가 합격했기 때문에 할 수 있다고 얘기한다. 나는 남들과 달리 늘 도전정신을 강하고 특이했다고 한다. 내가 어떤 일을 시작하려고 할 때 늘 고생하지 말고 그냥 결혼하고 평범하게 살라고 했었다. 도서관에서 매일 공부하고 있으면 누군가 와서 십년동안 고시 준비를 하던 사촌이나 조카 이야기를 하였다. 그렇게 나도 도서관에서 나이만 들어갈 수 도 있다고 걱정했다. 긴 어둠의 터널을 마침내 빠져 나와 의대 합격증을 들고 있으니 대단하다고들 한다. 원래부터 꿈에 대한 열정이 가득해서 될 줄 알았다나…….

세상은 그렇다. 내 꿈에 대해 전혀 관심이 없다. 알고 싶어 하지 않지만 말하기는 좋아한다. 꿈의 성취는 짧은 한 순간이고 꿈을 이뤄가는 과정은 길다. 사랑하는데 조건이 없듯이 꿈을 꾸는데도 조건이 없다. 누구나 꿈을 꿀 수 있다. 꿈을 이루는 것은 소수의 몫이다. 꿈에 매일 물을 주고 가꾸어가는데 관심을 두는 것이 소수이기 때문이다. 나도 했으니 누구나 할 수 있다. 내가 오늘 그리고 내일을 행복하게 살 수 있는 법에 관심을 두고 찾아간다면 그때부터 꿈의 시작이다. 어느 누구도 나의 삶을 살아줄 수 없으니 누가 머라고 하던 귓등으로 듣고 내가 하고 싶은 일을 오늘 하길 바란다. 때론 꿈을 말하지 않아도 괜찮다. 싹이 나기도 전에 남들에게 밟혀 사라지는 것보다 싹이라도 틔워보는 것이 낫다. 나도 가끔은 이야기 하지 않고 남몰래 하고 싶은 일들을 한다. 지지 받지 않아도 된다. 응원 받지 않아도 된다. 원하는 일을 하는 과정, 그 자체가 나에게 만족감과 성취감을 준다. 내 몸의 근육은 나만 키울 수 있듯이 나의 꿈의 근육도 스스로만이 키울 수 있다. 누구나 어떤 꿈이든 품을 수 있고 실행에 옮길 수 있다. 각 사람이 다른 만큼 하고 싶은 일도 원하는 것도 다른 게 당연하다.

최종 두 곳의 학교에서 합격통지서를 받았다. 고심 끝에 어제 한 학교를 정하고 나머지 학교에 입학 포기 의사를 밝혔다. 어떠한 선택이든 백 프로 확실한 결정은 없는 것 같다. 결정의 마지막 순간까지 고민했다. 주저했다. 지금 나의 결정이 나중에 어떠한 영향을 끼칠지는 모르는 것이기에 더 망설여졌다. 눈을 감고 내가 정말로 원하는 곳을 잠잠히 생각해 보았다. 그리고 답을 얻었다. 처음 미트시험을 쳤을 때 상위 50%정도였다. 지금은 상위 1% 정도의 성적이다. 내가 선택한 학교에서는 미트 점수로만 평가했을 때 1등이다. 장학금 70%를 받게 되었다. 주변에서 뒤늦게 어려운 공부를 시작한다고 야단이었지만 생애 처음으로 1등을 해보고, 장학금도 받았다. 글을 대부분 쓰고 나서야 합격증과 장학금 소식을 듣게 되었다. 한꺼번에 학교 합격, 장학금받기, 책 출판의 꿈이 이루어지니 몸 둘 바를 모르겠다. 동시에 다시한번 강조하고 싶다. 나는 꿈을 이루어서 글을 쓴 것이 아니다. 실패의 연속에서도 '꿈꾸기'를 포기 하지 않고 일어나는 나를 응원하고 나와 같은 많은 사람들을 응원하기 위해 글을 쓰기 시작했다.

잠깐의 휴식 뒤에 다시 남들보다 늦은 학교생활을 시작해야 한다. 학교생활에 대한 목표와 꿈을 그려봐야 한다. '어떤 의사가 될 것이냐?'에 대한 답도 가지고 학업에 임해야 더 많이 배울 수 있다고 들었다.

삶이 끝나는 날까지 꿈의 끝은 없다. 꿈은 삶을 살아가게 하는 원동력이다. 내가 살아있다는 증거이기도 하다. 오랜 기간 동안 꿈을 이루어 가는 과정 중에 있다면 꿈이 이루어질 것 이라는 생각이 들지 않는다. 그럼에도 불구하고 꿈을 붙잡고 늘어져야 한다. 보이지 않더라도 오늘을 살아내야 한다. 힘들면 쉬었다가 가더라도 손에서 꿈을 놓으면 안 된다. 빈손이 되면 무기력이 그 손 안에 자리를 차지하기 때문이다. 무기력의 늪에 빠져 식욕까지 잃는 지경에 이르기 전에 꿈의 손을 잡기를 바란다. 무엇이든 꿈이 될 수 있다. 꿈이란 사전적 의미는 실현하고 싶은 희망이나 이상이다. 날마다 희망을 일구며 살아가기를 노력하다 보면 언젠가 장기적인 꿈을 꾸고 이루어가는 삶도 익숙해질 것이다. 꿈이 나를 밀어내고 이끌어가는 삶을 꼭 경험해보기를 바란다.